김현영 新무협 판타지 소설
FANTASTIC ORIENTAL HEROES

전전긍긍 마교교주 3
김현영 新무협 판타지 소설

초판 1쇄 찍은 날 § 2010년 1월 20일
초판 1쇄 펴낸 날 § 2010년 1월 25일

지은이 § 김현영
펴낸이 § 서경석

편집장 § 문혜영
편집 § 주소영

펴낸곳 § 도서출판 청어람
등록번호 § 제1081-1-89호
등록일자 § 1999. 5. 31
어람번호 § 제2-1873호

주소 § 경기도 부천시 원미구 심곡2동 163-2 서경B/D 3F (우) 420-822
전화 § 032-656-4452 팩스 § 032-656-4453
http://www.chungeoram.com
E-mail § eoram99@chollian.net

ⓒ 김현영, 2009

ISBN 978-89-251-2061-4 04810
ISBN 978-89-251-2003-4 (세트)

※ 파본은 구입하신 서점에서 교환하여 드립니다.
※ 저자와 협의하여 인지를 붙이지 않습니다.
※ 이 책은 도서출판 청어람과 저작자의 계약에 의해 출판된 것이므로,
  무단 전재 및 유포·공유를 금합니다.

전전긍긍 마교교주

戰戰兢兢 魔敎敎主

3 과거의 그림자

김현영 新무협 판타지 소설
FANTASTIC ORIENTAL HEROES

第一章	과거의 그림자	7
第二章	천위칠군	27
第三章	쫓는 자	39
第四章	무범촌	59
第五章	최고수 구문	89
第六章	참사	111
第七章	야명주가 부른 자들, 야명주의 피해자들	133
第八章	장강을 향해	161
第九章	장강수로채	187
第十章	노리는 자들	227
第十一章	녹림 재회	249
第十二章	백룡부? 백룡부! 백! 룡! 부!	269

第一章
과거의 그림자

전전궁궁
마고교주

무산칠귀 중 셋이 폭발해 버린 사건도 보름이 지났다.

녹림왕은 수뇌들과 머리를 맞대고 있었다.

부채주 청뇌묘산, 수석령주 은염교, 수석대주 공추상, 그리고 손약란이 자리를 함께했다.

소란스럽기만 하던 오태산에 평온이 찾아들었다.

무산삼귀는 풍천을 쫓아간 뒤로 다시 돌아오지 않았고, 고죽상인과 천향선자, 어딘가 미심쩍은 두 점쟁이도 슬그머니 꽁무니를 뺐다.

세가의 애송이들은 애송이답지 않게 그간의 내막을 듣고 싶다면서 버티다 녹림도들이 일제히 빼든 도끼에 놀라 달아나 버렸다.

이제 더 이상 오태산에서 소란을 피울 사람은 없었다. 녹림왕과 녹림도들은 설혹 염라대왕일지라도 소란을 피운다면 도끼로 머리를 찍어버릴 준비가 되어 있었다.

이날 수뇌들의 모임은 힘겹게 찾은 평온인만큼 오랫동안 유지하기 위한 일환이었다.

"흠흠……."

청뇌묘산이 목을 가다듬더니 말했다.

"열다섯 곳의 산채에서 회신이 돌아왔습니다."

청뇌묘산이 손에 쥐고 있던 서신 뭉치를 녹림왕 쪽으로 공손히 건넸다.

총채에서 총 열여덟 곳에 전서를 띄운 지도 엿새!

내용은 단순했다.

유강과 풍천이란 자가 산채 부근을 얼씬거린다면 최대한 엮이지 않도록 주의에 주의를 거듭하라는 내용이었다.

총채가 털린 마당이다.

각 산채의 채주들이 영문도 모르고 적대심을 드러냈다간 몰살당할 것은 불을 보듯 뻔한 일이었다.

전서에는 두 사람의 초상화도 첨부했다. 화공을 데려다 수십 차례의 실패 이후 그럴싸한 그림이 나왔다. 이로써 녹림은 두 재앙 덩어리로부터 안전을 보장받게 된 셈이었다.

녹림왕이 빠르게 서신을 훑어보는 동안 청뇌묘산의 말이

이어졌다.

"모두들 충분히 주의를 기울이겠다는 내용들입니다. 흑룡방 사태는, 전서를 받지 못해 합류하지 못한 것에 대해 용서를 구하는 내용도 포함되어 있습니다. 아직 회신이 없는 세 곳에 대해서는 혹시 전서구에 문제가 생긴 것일 수도 있다는 생각에 오늘 오후에 새로운 전서구를 보내두었습니다."

흑룡방의 공격 당시에 각 산채에 전서를 띄웠으나 흑룡방의 화살에 전서구가 꼬치가 되었으니 각 산채가 용서를 구할 것까진 없었다.

녹림왕은 고개를 끄덕였다.

흡족함이 얼굴에 떠올랐다.

두 놈은 조심에 조심을 백을 곱해도 모자라지 않는 놈들이었다. 정상적인 사고를 가진 놈들이 아니지 않는가.

"이번에 크게 액땜을 했으니 녹림의 앞날은 순탄할 것입니다."

공추상이 위안 섞인 말을 꺼냈다.

"액땜이라······."

녹림왕이 말을 흐렸다.

액땜이라면 액땜이겠지만 액땜치곤 실로 거대했다.

녹림왕이 된 후로 한 번도 경험해 보지 못한 일들을 한 달 반도 안 되어서 다양하게도 체험했다.

"후후후······."

지난 일들이 주마등처럼 떠올랐다.

처음으로 무릎을 꿇어봤고, 손수 음식 시중을 들었으며, 수하들 앞에서 싸대기를 맞고도 반항조차 못했다. 항산이 명산이란 것도 속속들이 알게 되었다.

사랑하는 딸은 볼모로 잡혀 똥을 쌌다고 하지, 정인은 짐승처럼 네 발로 기어다녔다.

오태산은 흑룡방의 공동묘지가 되었고, 무산칠귀 중 세 놈의 피와 살은 먼지로 흩날려 푸르른 오태산을 오염시키고 있는 중이다.

존명이라는 단어가 그렇게 입에 착착 달라붙는 줄 몰랐다.

이 정도면 가히 어마어마한 액땜이었다. 장차 죽는 순간까지도 평안함을 보장받을 수 있을 것 같았다.

그때 문득 은염교가 말을 꺼냈다.

"이십여 년 전 사건 말입니다. 그때도 두 놈이 시작이었지 않습니까?"

년도도, 사람도 그저 두루뭉술하게 표현된 말이었다.

그러나 녹림왕을 비롯한 청뇌묘산과 공추상이 흠칫 몸을 떨었다. 그들의 눈동자가 일순 먼 과거를 탐색하듯 초점이 흐려지며 몽롱해졌다.

혼자 뚱해진 것은 손약란뿐이었다.

그녀는 갑자기 심각해진 네 사람을 쭉 훑어보다가 이게 뭔 소린가 싶어 눈만 빠르게 깜박거렸다.

이십여 년 전이라면 그녀는 태어나지도 않은 때였다.

소외된 손약란이 꽥 소리를 내질렀다.

"은염교, 이 새끼야! 네깟 놈이 뭔데 말을 하다 말아!"

"비슷합니다. 아니, 똑같습니다."

은염교가 확신에 차서 말했다.

손약란이 인상을 찡그렸다.

"안개 나라에서 왔냐? 말이 왜 이렇게 흐릿한 건데? 그러니까 그게 뭐냔 말이다, 이 잡종 놈아!"

"백무결이다."

대답은 녹림왕의 입에서 새어 나왔다.

"백무결? 그건 또 뭐 하는 물건인데?"

"신성무혼이라면 기억하겠느냐?"

"에엑!"

그제야 손약란의 눈이 휘둥그레졌다.

현 시대의 강호인 중 신성무혼을 모르는 자라면 그는 일반인이 강호인 흉내 내며 사기 치고 다니는 자라 할 만큼 신성무혼이라는 별호는 특별했다.

손약란이 이름을 들었을 때 몰랐던 것은 강호의 특성상 이름보단 별호가 일상적으로 쓰이는 탓이었다.

이름은 동명이인이 가득하다.

반면 별호는 한 시대에 오직 한 사람만을 칭하기에 별호의 식별성은 유일무이한 것이다.

신성무혼!

그는 영웅이었고, 전설이었다.

정도의 별이며, 신이었다.

마교의 야욕에 정면으로 맞선 정도의 영도자!

그는 마교를 궁지에 몰아넣었고, 정도의 일곱 기둥인 천위칠객을 병풍처럼 두르고 일보를 딛을 때마다 마도를 무릎 꿇렸다.

비록 그가 마교의 지존 아수라천마와 맞서다 비참한 최후를 맞았다곤 해도 신성무혼은 여전히 정도인의 기억 속에서 별이며 영웅이었다.

그러나 녹림의 시각에서도 영웅이 될 순 없었다.

신성무혼은 그저 재앙의 시작일 뿐이었다.

신성무혼이 본격적으로 명성을 날리기 시작한 것이 바로 녹림총채, 바로 오태산에서부터였기 때문이다.

"그, 그럼 유강 그놈이 신성무혼의 환생이란 거야? 오! 안 돼. 신성무혼 그 자식은 초인이었잖아!"

손약란이 비명처럼 소리를 질렀다.

간 크기라면 누구에게도 뒤지지 않을 손약란이었다. 심지어 풍천에게 수차례 목이 돌아가는 고통을 당하면서도 욕지거리를 하는 데 망설임이 없었다.

그러나 지금 손약란의 음색은 떨려 나오고 있었다.

청뇌묘산이 말을 받았다.

"묘하게 비슷한 듯하면서도 다르고, 다른 듯하면서도 비슷합니다. 당시 신성무혼도 화홍독에 당해 절벽 아래로 떨어졌었지 않습니까? 모두 죽었다고 생각했지만 놈은 열흘 만에 다시 나타났죠. 해독은 물론이고, 도리어 절벽을 타고 거미처럼 달리는 등 괴이한 무공까지 선보였으니까요. 유강이 화홍독에 당한 것을 보면 환생을 했다고 해도 과언이 아닐 정도입니다."

손약란이 청뇌묘산의 멱살을 틀어잡았다.

"어디서 재수없게 환생 운운하는 것이냐! 내 듣기로 신성무혼에겐 풍천 같은 놈은 없었다고 했다. 한 번만 더 환생 이야기 꺼내면 가만 안 둘 테다!"

환생 이야기를 먼저 꺼낸 것은 손약란이었다.

청뇌묘산은 슬그머니 눈을 내리깔았다.

"그 손 놓지 못할까!"

녹림왕이 인상을 쓰자, 손약란이 멱살을 풀었다.

녹림왕의 인상은 그래도 퍼지지 않았다.

완전히 잊었다고 생각했다.

다시는 떠올리지 말아야겠다고까지 생각했었다. 그러나 그 당시의 아픈 기억은 망령처럼 되살아나고 말았다.

당시 신성무혼이 녹림과 얽히게 된 것은 녹림이 한 여인을 사로잡은 것 때문이었다.

신성무혼은 여인을 구하기 위해 혈혈단신으로 녹림총채에

뛰어들었다.

청뇌묘산의 말처럼 쫓기던 신성무혼은 결국 화홍독에까지 당해 절벽 아래로 떨어졌다. 그러나 부활해 돌아온 뒤 녹림총채는 막대한 피해를 입었다. 절반가량의 사상자가 발생한 것이다.

전대 녹림왕 또한 중상을 입었고, 신성무혼은 여인을 구출해 믿을 수 없게도 절벽을 타고 유유히 달아나 버렸다.

이후 전대 녹림왕은 시름시름 앓다가 운명을 달리했다.

그러나 시련은 그것이 끝이 아니었다.

신성무혼은 원한을 잊지 않았다.

그는 녹림토벌대를 조직한 것이다. 그로 인해 녹림도들은 천지사방에 뿔뿔이 흩어져 목숨을 부지하기에 바빴다.

오늘날 녹림이 재건된 것은 신성무혼이 세상을 뜬 이후였고, 녹림왕은 뼈를 깎는 수련 속에서 역대 최강이라는 수식어를 달고 새로운 녹림왕으로 등극할 수 있게 되었다.

"자, 정리해 보자."

녹림왕이 운을 뗐다.

모두들 심각한 표정으로 녹림왕을 주목했다.

"신성무혼은 화홍독에 중독되었다."

"유강도 화홍독에 중독되었지."

운율을 맞추듯 손약란이 답했다.

"신성무혼은 당시 이십 세 전후였다. 강호에 이름이 전혀 알려지지 않았고, 첫 번째로 녹림에서 행패를 부렸다."

"유강 그 새끼도 똑같아."

"신성무혼은 녹림에 막대한 피해를 입혔다."

"음, 여기서부터 어긋나네. 유강은 흑룡방을 몰살시켰잖아. 또 신성무혼은 여인과 함께 했고……. 유강도 여자 둘과 함께 왔지만 이 절정의 미녀 손약란님과 왕젖, 아니, 왕유옥은 인질이었잖아. 제길, 경우가 달라도 너무 다르잖아."

청뇌묘산이 끼어들었다.

"신성무혼은 녹림토벌대를 결성했지만……."

공추상이 뒤를 이었다.

"유강은 그럴 필요가 없었지요. 풍천한테 한마디만 하면 끝나는 것이니까요."

녹림왕이 고개를 끄덕였다.

"그 말이 맞다. 이걸 다행이라고 해야 하는 것이냐? 심하게 헛갈리고 짜증 나는구나."

안도하자니 어쩐지 비참해진다. 만만한 게 녹림이냐는 반발심이 욱, 하고 치솟았다.

참을 수 없게 된 녹림왕이 벌떡 일어나 외쳤다.

"도대체 강호의 별들이란 것들은 왜 녹림부터 시작한단 말이냐! 이런 염병할. 은염교, 이게 다 네놈 때문이다!"

짜악!

녹림왕이 은염교의 뺨을 후려갈겼다.

과거의 그림자

시원하게 은염교의 고개가 돌아가 손약란을 바라보는 형태가 되었다.

"이노오옴!"

한 소리 노성과 함께 손약란의 손이 날았다.

짜악!

은염교의 반대편 뺨에 불이 나고, 고개가 다시 돌아갔다.

부채주 청뇌묘산이 아직 다 낫지 않아 붕대로 감은 팔을 들어 은염교의 머리를 퉁퉁, 하고 두드렸다.

공추상이 막 손바닥으로 갈기려 일어섰다.

은염교가 공추상을 살기 등등하게 노려봤다.

"공추상, 너 이 새끼!"

공추상이 멋쩍게 웃으며 손을 내렸다.

"아버지, 근데 말은 바로 하자고."

손약란이 따지듯 말했다.

"바로 하다니?"

손약란이 어깨를 으쓱했다.

"그렇잖아. 강호의 별이라고 하기엔 너무 잔혹하지 않아? 막 닥치는 대로 죽여 버리잖아."

"흑도의 성향인 흑룡방을 쓸어버리지 않았느냐!"

"에엥, 그건 그거고. 와선신의의 다리를 잘라 버리겠다고 협박한 건? 수렴곡에서 아버지도 봐서 알잖아. 정말 농담이 아니었다고. 여차한 순간 와선신의의 허리 아래가 사라져 버릴 판국이었잖아. 와선신의는 두 손으로 평생 땅 짚고 다닐 판이었단 말씀이야."

"흠, 그건 그렇지. 정말 알다가도 모를 놈들이구나."

녹림왕도 수긍할 수밖에 없었다.

유강과 풍천처럼 정체성이며 앞날의 행동이 예측이 안 되는 인간들은 처음이었다.

충복이란 놈은 살인을 하는 데 일말의 망설임이 없고, 주군이란 놈은 분별이 있는 것 같으면서도 고장난 용수철마냥 어디로 튈지 모르는 괴팍한 놈이었다.

물을 마시는 것도 전음으로 하고, 의자를 새로 가져오라는 말도 전음으로 하더니만 막상 의자를 가져오자 의자로 충복을 찍어버렸다.

생일 잔치를 거하게 차려줘도 고작 이따위냐며 성질을 부렸다.

또 한편으로는 흑룡방을 쓸어버리라고 할 때는 언제고, 수렴곡에서는 다 죽어가는 중에도 아무도 죽이지 말라고 말한 놈이었다. 충복이나 주군이나 모두 제정신이 아니었고, 정파인지 마도인지도 구분이 되질 않는다.

"그냥 한 삼 년 쉬어야 할까……."

녹림왕이 혼잣말처럼 중얼거렸다. 여느 때 같으면 농담이 심하십니다, 라는 말이 여기저기서 흘러나왔겠지만 아무도 말이 없었다.

신성무혼이 삼 년 동안 명성을 휘날리는 사이 녹림은 머리카락을 휘날리며 도망 다녀야 했다.

비록 그때와 달리 녹림토벌대가 결성되진 않았지만 이쯤에서 아예 바짝 웅크리는 것도 손해 볼 일은 아니었다.

그때였다.

쾅!

문이 거의 박살 날 듯이 열렸다.

한참 심각해진 분위기 탓에 녹림왕 등은 튕기듯 뒷벽 쪽으로 물러서 공격에 대비했다.

손약란이 뾰족하게 외쳤다.

"이 새끼야, 놀랐잖아!"

십령주 중 오구학이었다.

뭔가 이상했다.

안색이 창백했고, 오른손에 전서구의 목을 움켜쥐고 있었는데 어찌나 힘을 주었는지 목이 꺾여 전서구가 축 처져 있었다.

"무슨 일인데 그리 심각한 표정을 짓고 있는 것이냐!"

녹림왕이 호통쳤다.

긴장된 낯빛을 보는 것도 이제 지쳤다. 그런 표정만 봐도 풍천이 다시 돌아온 건가 싶을 정도였으니까. 만약 심각한 표정만큼이나 심각한 일이 아니라면 아주 반 죽여 버릴 참이었다.

오구학이 대답했다.

"적성동견채가 전멸했다는 소식입니다."

"뭐?"

녹림왕은 분노 속에 유강과 풍천의 얼굴을 떠올렸다.

"이런 망할 놈들이 기어코……!"

"아닙니다. 녹림토벌대입니다."

오구학이 말과 함께 전서를 건넸다.

"꺄악! 녹림토벌대라고?"

"헉!"

"이런 말도 안 되는 일이……."

"옛일이 고스란히……."

손약란, 청뇌묘산, 은염교, 공추상은 얼이 나가 버렸다.

녹림왕이 빼앗듯 전서를 취해 펼쳤다.

글씨가 거의 날아다녔다. 얼마나 황급히 작성된 것인지 한눈에 알 수 있었다.

급전. 적성동견채 구 할가량이 사망. 녹림토벌대 결성. 각양각색의 무림인들이 연합하여 공격. 그중 모산홍가의 칠검과 귀문방의 십위, 청해육협도 포함. 토벌대의 인원이 하루 다르게 늘어가고 있음. 녹림총채의 수뇌부에 막대한 현상금이 걸림. 긴급 피신 요망.

—적성동견채주 광소.

마른하늘에 날벼락이었다.

녹림왕이 서신을 떨구고 비틀거렸다.

"아버지!"

손약란이 바로 부축했다.

녹림왕이 손을 저으며 몸을 가누었다.

"괜찮다, 괜찮아……."

"은염교, 서신을 소리 내서 읽어봐라."

손약란이 지시했다.

곧 낭독이 끝나자, 모두들 할 말을 잃고 말았다.

손약란만이 소리를 질렀다.

"왜 일이 이딴 식으로 흘러가는 건데~!"

격정과 경악의 시간이 지나고 수뇌부는 다시 자리에 앉았다. 놀란 눈을 치켜뜨고 비명만 지르고 있을 순 없는 노릇이었다.

"유강과 풍천의 짓은 아닐 겁니다."

청뇌묘산이 말했다.

모두들 동감했다.

두 사람에겐 그럴 이유가 없었다. 또 사람들을 불러모아 소란스럽게 할 만큼 귀찮은 짓을 할 인물들이 아니었다. 풍천의 성격만 봐도 몰살시키려면 총채를 쓸지, 산하의 산채를 건드리는 건 말도 안 되는 일이었다.

청뇌묘산이 말을 이었다.

"녹림이 최근 원한을 산 일이라면 두 가지가 있습니다. 첫째는 흑룡방입니다. 하지만 흑룡방의 몰살은 강호인들의 환영을 받을지언정 지탄받을 일이 아닌 만큼 녹림토벌대가 결성될 수는 없겠지요. 그리고 두 번째는 와선신의입니다."

와선신의가 거론되자 즉시 공감대가 형성되었다.

"와선이겠구나. 와선밖에 없지……."

녹림왕이 한숨을 쉬듯 말했다.

와선은 결코 우매한 인간이 아니다. 명의도 아니고 신의라 불리는 자다. 처음엔 얼떨떨했겠지만 결국은 녹림이 수작을 부린 것을 알아챘으리라. 앞뒤를 맞춰보는 건 관산선생과 귀문방주의 말을 들어보면 상황을 유추하긴 더욱 쉬웠을 것이다.

맹세를 깨뜨리지 않았으나 모두가 맹세를 깼다고 생각하고 있으니 와선이 녹림을 뿌리째 뽑아버려야 할 목적이 생긴 셈이었다.

또한 와선이라면 능히 녹림토벌대를 조성할 수 있는 힘도 있었다. 그에겐 누구라도 원하는 신의 의술이 있기에.

"독을 쓰는 게 아니었는데……."

후회가 밀물처럼 몰려왔다. 이십여 년 전의 그 고통이 다시 재현되고 있었다.

그때 전대 녹림왕이 죽었다.

이제 자신이 죽을 차례였다.

현상금까지 걸린 상황이다.

그렇게 생각하자, 마치 죽음이 정해진 운명처럼 느껴졌다.

깊은 침묵이 한동안 이어졌다.

참담함이 내부 공간을 떠돌며 모두의 마음을 무겁게 내리눌렀다. 근심만 피어날 뿐 도무지 해결책이 보이지 않았다.

"그 수밖에 없겠어."

손약란이 입을 열었다. 일체의 감정이 섞이지 않은 시체 같은 표정이었다.

녹림왕 등이 손약란을 바라봤다.

손약란이 다시 입술을 달싹였다.

"장대비를 피하려면 우산 속으로 들어가야 해. 우산은 크면 클수록 좋지. 유강에게 가야 해. 우린 이미 충성도 맹세했잖아. 천천세 만만세까지 외쳤잖아. 안 그래?"

모두의 안색이 새하얗게 질려 버렸다.

두 놈이 떠나기만을 밤새 빌었던 적도 있었다.

결국 떠나게 되었을 때 이제 다 끝났다고, 우린 자유를 찾았다고 기쁨에 심장이 터질 것 같았다.

그런데 이제 제 발로 두 놈을 찾아 나서야 한다니!

모두는 최종 결정권자를 바라봤다.

녹림왕의 뺨이 꿈틀거렸다. 얼마나 어려운 결정인지 이를 악물고 있는 것이다.

"젠장!"

쾅!

녹림왕이 탁자를 후려갈겼다.
탁자가 산산이 부서지며 모두 자리에서 일어섰다.
결정 완료!
젠장은, '젠장, 그 수밖에 없잖아'의 준말이었다.

第二章
천위칠군

전전
　궁궁
마고교주

깊은 밤.

오태산 지주봉의 정상에 두 사람이 나란히 서 있었다.

노인과 청년으로, 그들은 절벽 끝자락에서 어둠에 잠긴 허공을 응시하고 있었다.

노인은 가히 선풍도골로 가슴께까지 늘어뜨린 하얀 수염이 한 폭의 신선도를 세상에 옮겨놓은 듯했다.

또한 스무 살 전후로 보이는 청년은 눈빛에 정기가 감돌고, 이목구비가 섬세하고 곱기 그지없어 의복만 바꿔 입는다면 절세의 미녀라고 착각할 수 있을 만큼 뛰어난 외모를 지니고 있었다.

"이곳에 선 의미가 무엇이더냐?"

노인이 말했다. 잔잔하게 울려 퍼진 음성은 밤 기운과 동화된 듯 듣기가 좋았다.

청년이 대답했다.

"미천한 제자, 주양인이 신성무혼님이 가신 길을 따르게 됨을 의미합니다."

"옳다. 하지만 미천하다는 말은 어울리지 않는구나."

"제자의 자질이 과연 큰 뜻을 이루기에 합당한지 스스로 의심이 들 때가 있습니다."

"하하하하!"

노인이 돌연 웃음을 터뜨렸다.

웃음이 끝날 무렵, 노인이 말을 이었다.

"너는 나 만묘신군(萬妙神君)과 다른 여섯 사부, 세상 사람들이 천위칠군(天位七君)이라 부르는 우리의 안목이 보잘것없다 말하고 싶은 것이더냐?"

"제자가 생각이 짧았습니다."

주양인이 공손히 머리를 숙였다.

"후후후, 아무렴. 하지만……."

만묘신군이 말을 흐렸다.

주양인은 가만히 다음 말을 기다렸다.

"너의 겸허함이 싫지만은 않구나. 마운봉의 결전 당시 우리 천위칠군은 신성무혼이 능히 아수라천마를 무릎 꿇릴 것이라고 믿었다. 그러나 천하는 넓고, 마도의 저력은 깊더구나. 격돌이 벌어진 순간이 곧 끝이었지."

밤하늘로 시선을 던진 만묘신군의 얼굴에 깊은 회한이 서렸다.

"신성무혼이 일장에 운명을 달리할 것이라곤 생각지 못했기에 그때의 광경은 충격이라는 말조차 부족할 정도였다. 온 세상이 암흑으로 변하는 순간이었지. 그러나 그 후 우리는 천천히 당시 상황을 떠올려 보았다. 그리고 전혀 다른 결론에 도달하게 되었다."

주양인의 두 눈에 호기심이 깃들었다.

천위칠군의 공동제자가 되어 가르침을 받은 지도 어느덧 오 년이 지났다. 그 시간들 속에서 마운봉의 비사는 한차례도 듣지 못했다. 몇 번이고 여쭤보고 싶었지만 차마 입을 떼지 못했거늘 오늘 뜻밖에도 그 이야기가 나오려 하고 있었다.

만묘신군이 말을 이었다.

"자만심, 오직 그것이었다. 신성무혼은 극렬순백장을 펼쳤었다. 그저 뛰어난 수준의 마인을 상대하는 것이었다면 충분히 제압하고도 남았을 것이다. 하지만 맞선 자는 마도의 전설 아수라천마였다. 과대평가도 과소평가도 항상 문제를 일으키고 만다. 만약 신성무혼이 건공무상신공을 펼쳤다면 결과는 전혀 다르게 나왔을 것이다."

만묘신군이 미소를 지으며 주양인을 바라봤다.

"스스로를 믿되 교만치 않아야 한다. 너의 자질은 천고에 보기 드물게 뛰어나고, 거기에 겸허함까지 갖추었다. 그 마음이 흐트러지지 않게 경계를 늦추지 말거라."

"명심하겠습니다."

"하하하하, 말이 길어졌구나. 이곳은 신성무혼이 지주현공을 익힌 곳이다. 우리 천위칠군이 가장 먼저 찾아낸 안배이기도 하다."

"사부님, 옮겨올 수 없는 무공인지요?"

"그렇다. 오직 동혈 안쪽에서만 익힐 수 있는 무공이란다. 지주현자는 절벽 중간쯤에 기문진식으로 감춰두었고, 특별함을 더해 강력한 무공을 매우 빠른 시간에 익힐 수 있도록 조치해 두었다. 네 눈으로 보고, 또 듣게 되면 놀라지 않을 수 없을 것이다. 자, 너는 안배를 받을 준비가 되었느냐?"

"네, 사부님."

결연한 대답에 만묘신군이 주양인의 허리를 휘감았다.

"가자."

만묘신군이 절벽 아래의 어둠 속으로 몸을 날렸다.

파라라락!

옷자락이 바람에 밀려 올라가며 요란한 소리를 냈다.

하염없이 추락할 것만 같던 한순간,

"충격에 대비하거라."

만묘신군이 말을 함과 동시에 오른발을 들었다가 허공을

디뎠다. 그건 마치 땅을 딛는 듯한 동작이었다. 순간 경력이 아래쪽에서부터 부드럽게 일어나더니 두 사람의 몸을 떠받쳤다. 단 한 번의 발길에 속도가 거의 절반가량 줄어들었다.

만묘신군은 거기에서 그치지 않고, 연거푸 발을 차례로 디뎌 나갔다.

그렇게 일곱 차례를 딛자, 찰나적으로 허공에 그대로 멈춘 상태가 찾아왔다.

주양인은 사부의 신묘한 신법과 경력의 조화에 탄복을 금치 못했다.

그사이 만묘신군이 암벽을 향해 장력을 발출했다.

펑, 펑, 펑!

주양인이 의문스럽게 바라봤다. 장력은 벼랑에 닿지도 않고, 중간 허공쯤에서 소멸되고 말았던 것이다.

그러나 의문도 잠시, 이내 아지랑이처럼 공간이 일그러지더니 허공이라고 생각했던 곳에 동굴의 거대한 입구가 드러났다.

"와아……!"

주양인은 이 신비스러운 광경에 그만 압도당해 자신도 모르게 탄식을 터뜨렸다.

끝을 알 수 없는 절벽의 중간, 허공에 떠 있는 것도 놀랍지만 기문진식으로 처소를 가려놓은 지주현자의 능력은 경탄스러울 지경이었다.

만묘신군이 신형을 날려 동굴 입구로 내려섰다.

"놀랐느냐? 하하, 하지만 놀라긴 아직 이르다."

주양인을 내려놓으며 만묘신군이 말을 이었다.

"이곳에 은거하던 지주현자의 기문진식에 대한 이해는 상상을 초월하는 것이다. 게다가 동굴 전체에 빼곡이 야명주가 박혀 있……!"

만묘신군이 말을 흐렸다.

두 눈동자에 자신의 눈을 믿지 못하겠다는 불신이 가득 떠올랐다.

환한 빛이 뿜어져야 했다. 그건 입구가 열림과 동시에 빛나기로 되어 있었다. 그런데 빛이 없었다.

안력을 돋우어 내부를 바라보던 그의 눈에 핏발이 돋았다.

"이럴 수가, 어떻게 이런 일이……!"

야명주가 문제가 아니었다. 작동을 안 할 수도 있는 문제였고, 없어도 그만이었다. 하지만 동굴은 여기저기 파괴되어 있었다. 천장과 벽면이 무너져 내리고, 그로 인해 돌무덤이 여기저기에 쌓여 있었다. 그중 야명주는 눈을 씻고 찾아봐도 단 하나도 찾을 수가 없었다.

주양인도 어둠을 이겨내고 동굴을 살펴보고는 뭔가 일이 잘못되었다는 것을 알 수 있었다. 하지만 심각하게 변한 사부님의 얼굴을 보자니 아무 말도 할 수가 없었다.

만묘신군이 안쪽으로 신형을 날렸다.

"안쪽만 무사하면 된다. 바깥은 중요치 않아."

마치 반드시 그래야만 한다는 염원이 담겨 있었다.

주양인이 급히 뒤를 쫓았을 때, 만묘신군은 이미 거미 문양이 새겨진 석벽 앞에 서서 한 손으로는 거미의 두 눈을 누르고, 다른 한 손으로는 거미의 뒤쪽 다리 부위에 대고 있었다.

그르르릉.

석벽이 천천히 열리고, 만묘신군이 중얼거렸다.

"새하얀 빛이 발출……."

만묘신군의 얼굴이 창백하게 변했다. 빛은 없었다. 눈을 뜰 수 없을 만큼의 빛이 쏟아져 나와야 정상이었다. 불청객은 바깥뿐만 아니라 안쪽까지 모두 털어가고 만 것이다.

안쪽의 상태는 도리어 더욱 심각했다.

천장에 매달려 있는 만년지주는 수십 토막이 난 채 바닥 여기저기에 흩어져 있었고, 석실 내부는 벽과 천장이 참담하게 무너져 있었다. 또한 그 어디에도 단 한 개의 야명주조차 찾을 수 없었다.

만묘신군이 몸을 부르르 떨었다.

신성무혼이 아수라천마에게 패배한 이후 오늘 같은 상실감은 처음 맞는 일이었다.

―연자여, 어서 오라.

석실 어딘가에서 지주현자의 음성이 흘러나왔다.
영문을 모르는 주양인이 바로 경계 자세를 취했다.
"어떤 고인인지 모습을 드러내시오."
주양인은 이 안배를 파괴한 자가 아직까지 석실 어딘가에 머물고 있다고 생각했다.

―노부는 평생 마도를… 길을 걸어왔다. 정도인들로부터는 환영받지 못했다.

주양인이 깜짝 놀라 만묘신군을 돌아봤다.
"사부님, 마도인입니다."
만묘신군은 깊게 침음성을 흘리고는 고개를 저었다.
"이 목소리는 지주현자가 남겨놓은 과거의 음성일 뿐이다. 석실이 파괴되면서 진식도 어그러져 음성 또한 온전히 흘러나오고 있지 않음이지."
그제야 주양인이 자세를 바로 했다.
만묘신군은 미간을 좁히고, 가슴까지 드리운 수염을 쓸어내렸다. 지고한 경지에 이른 그인만큼 빠르게 현실을 받아들이는 모습이었다.
"너무 소홀했구나. 우리 천위칠군이 이곳을 찾는 데만도 삼 년여를 보냈던 터라 그 어떤 누구도 찾을 수 없다고 자부했거늘."

"사부님, 혹시 녹림의 소행이 아닐는지요?"

"아니다. 녹림엔 이처럼 정심한 진법을 다룰 수 있는 자가 없다. 게다가 녹림토벌대가 결성된 탓에 이미 녹림총채가 텅 빈 것을 보지 않았더냐. 그들은 제 목숨을 구하기에도 급급한 상황일 것이다."

"진법에 능통한 자라면 짐작 가는 이가 있으신지요?"

"현 강호에 진법에 탁월하면서도 보물을 취하는 데 혈안이 된 자는 오직 두 사람이 있을 뿐이다. 무영신투(無影神偸), 그리고 부취객(富聚客)! 둘 중 하나이거나 함께 모의했을 수도 있겠지. 하지만 그들은 취하지 말아야 할 것에 손을 대고 말았구나. 가자. 도둑놈들부터 단속해야겠다."

"네, 사부님."

第三章
쫓는 자

전전긍긍
마교교주

"일어나지?"

나직한 음성이었다.

구룡문주 육단풍은 꿈이라고 생각했다.

그는 정주 제일문파 구룡문의 문주였으며, 깊은 밤 자신이 누워 있는 침소는 심처 중의 심처였다. 아무나 들어와 나직한 음성 따위를 날리는 것은 불가능했다.

불같이 서로의 몸을 탐닉했던 애첩의 목소리는 분명 아니었다.

사내! 그것도 중년의 목소리였다. 그렇기 때문에 이 음성은 꿈속에서 들리는 것이 틀림없었다.

"일어나라고 했을 텐데."

육단풍은 잠결에 슬쩍 미소를 머금었다.

'반말을 듣는 것도 참 오랜만이군.'

향년 오십사 세. 존대에 익숙한 그에게 꿈속의 목소리는 낯설지만 또 싫지 않았다. 갑자기 젊어진 느낌도 들었다. 어디 한 번 더 지껄여 보렴.

육단풍의 입가에 미소가 어렸다.

"웃네? 경고는 두 번이면 넘치겠지."

꿈이 다시 말했다. 그다음은 소리가 아닌 감촉이었다.

푸욱!

이질적인 감촉과 함께 허벅지가 타올랐다.

번쩍!

육단풍이 눈을 떴다.

창문을 통해 옅은 달빛이 방 안을 비추고 있었다.

그 빛 아래 제일 먼저 본 것은 오른쪽 허벅지였다.

허벅지가 고통을 호소하고 있었다.

그 이유를 탐색했다.

'허억!'

장검이 오른쪽 허벅지를 뚫고 들어가 있었다.

장검의 자루를 쥐고 있는 손도 보였다.

육단풍은 정녕 보고도 믿을 수가 없었다. 아니, 믿기가 싫었다. 구룡문주인 자신에게 그 누구도 이런 짓을 할 순 없는 것이다. 원래 안 되기로 되어 있는 것이다.

'꿈인데… 씨발, 이건 꿈인 거잖아. 난 구룡문주고, 이곳은 문주의 침소라고!'

망상도 잠시, 육단풍은 거침없이 장검의 주인을 향해 장력을 날렸다.

바로 지척이다. 허벅지에 검을 꽂아 넣은 놈을 살려둘 만큼 인정이 넘치진 않았다.

팡!

장검의 주인이 옆으로 반보 이동했다.

장력이 빗나갔다.

장검의 주인은 머리도, 어깨도, 허리도 그대로인 채 미끄러지듯 움직였다. 형상의 흐트러짐이 전혀 없었다.

"헉! 이형환위?"

"매를 버는구나."

장검의 주인이 말과 동시에 허벅지에 박힌 검을 뽑았다.

오른쪽 허벅지에서 피 분수가 솟구쳤다. 그러나 끝이 아니었다. 허벅지를 빠져나온 검은 이번엔 다시 왼쪽 허벅지를 파고들었다.

"크아악!"

육단풍이 고통에 찬 비명을 내질렀다.

감히 이 나를 죽이려 하다니!

육단풍은 다시 연거푸 천뢰장을 세 차례 퍼부었다.

장검의 주인이 검을 회수한 후 뒤로 훌쩍 물러났다. 덕분에 강맹한 천뢰장은 허공을 격하는 데 그치고 말았다. 검이 회수되면서 왼쪽 허벅지에서도 피 분수가 솟구쳤다.

 이불은 어느새 피로 흠뻑 젖어들었다.

 "이 무슨……!"

 옆자리의 애첩은 이 소동 속에서도 죽은 듯 미동조차 없었다. 원래 잠잘 때는 어지간히 소란을 떨어도 깨지 않는 애첩이었다.

 두 허벅지가 관통되었다. 신법을 펼치는 것은 원천 봉쇄된 셈이었다. 더군다나 상대는 근접 거리에서조차 이형환위를 자유자재로 펼쳐 공격을 무력화시키는 고수였다.

 육단풍은 내년 오늘이 자신의 제삿날이 될지도 모른다는 것을 생각하기에 이르렀다.

 척!

 장검의 주인이 검을 등 뒤의 검집에 넣었다.

 "잠은 깼느냐?"

 여전히 나직한 물음.

 황급히 지혈을 마친 육단풍은 머리가 어떻게 돼버릴 것 같았다.

 '깼냐고? 그럼 순전히 잠을 깨우기 위해 허벅지를 뚫어버렸단 말인가? 몇 번 몸을 흔들거나 좀 더 큰 소리를 낼 수도 있었지 않느냔 말이다, 이 망할 놈아!'

육단풍은 차마 그 말을 할 용기는 나지 않았다. 잠자는 사람을 어떻게 깨우는지 모르는 상식 밖의 인간에게 말이 통할리가 없었다.

게다가 만약 허벅지에 검을 꽂아 넣지 않고, 심장이나 목이었다면 자신은 어떻게 죽었는지도 모르고 저승길을 오르고 있을 테니까.

육단풍이 침상 위에 앉은 채로 입을 열었다.

"누구냐?"

대항은 의미가 없다. 대화를 시도해야 할 때였다.

한밤의 불청객은 인정할 것이 많은 자였다.

첫째, 자신보다 강하다는 것을 인정해야 했다.

둘째, 죽이려는 의도가 없다는 것.

셋째가 결정적이었다. 잠자는 사람을 깨우는 방법을 모르는 미친놈!

"넌 누구냐?"

불청객이 되물었다.

육단풍이 입을 허, 하고 벌렸다. 하마터면 웃어버릴 뻔했다. 누구인지도 모르고 은밀히 기어들어 와 칼을 꽂았다? 미치고 환장할 노릇이었다.

그러나 상황을 장악한 것은 불청객이었다.

이 상황에서 수하들을 소리쳐 부르는 것도 무의미할 것이다. 고통에 찬 비명을 듣고도 아무도 문을 박차고 들어오지 않았다는 것은 이미 바깥이 평정되어 있다는 뜻이 아니고 무엇이겠는가!

육단풍은 순순히 대답했다.

"구룡문주 육단풍이다. 그대는?"

불청객이 검지를 세워 좌우로 흔들었다.

"질문은 내가 한다. 넌 질문할 자격이 안 된다. 기억해 두어라. 분명히 경고했다. 만약 한 번만 더 질문을 하면 그땐 눈을 뽑아버리겠다."

담담한 말투, 협박조가 아니었다.

무심히 허벅지에 검을 박아 넣은 것처럼 눈알을 뽑는 것도 제비라도 뽑듯 뽑아버릴 자였다.

육단풍은 침을 꿀꺽 삼켰다.

불청객이 말했다.

"정주의 삼대세력 중 하나가 맞느냐?"

"맞다."

"그중에서 가장 활발하기도 하고?"

"그렇다."

"흐음, 제대로 찾아온 것 같군."

불청객이 만족스럽게 고개를 끄덕였다.

육단풍은 예리한 시선으로 불청객을 노려봤다.

대충 이자의 정체가 짐작되었다.

요사이 정주 서쪽에 근거를 둔 신월방과 마찰이 잦았고, 아끼는 수하 중 한 명인 귀주신창이 신월방의 셋째 아들을 다치게 한 일이 있었다.

방주의 아들 문제다. 신월방주가 거금을 들여 살인청부를 할 만했다.

생각이 거기에 미치자, 육단풍이 비릿하게 웃었다.

"흐흐, 신월방에서 보낸 자객이로군. 그래, 신월방주가 얼마를 주더냐?"

그는 신월방이 제시한 금액의 두 배를 생각하고 있었다. 그 정도면 역으로 신월방주의 목을 가져오게 할 수 있을 것 같았다. 돈으로 움직이는 자는 더 큰돈에 흔들릴 수밖에 없다. 그건 고금의 진리다.

불청객이 천천히 다가왔다.

"질문이네?"

"헉!"

육단풍의 안색이 하얗게 질려 버렸다.

"돈을 주겠다. 두 배, 아니, 세 배를 주겠다. 신월방주의 목을 가져와라."

"넌 질문을 던졌다, 질문을 던졌어."

천천히 걸음을 떼던 불청객이 순간 스윽, 하고 움직이더니 육단풍의 바로 코앞에 이르렀다.

"안 돼!"

파팟!

쫓는 자

가슴 부위를 손가락이 훑고 지나갔다. 육단풍은 마혈이 제압당해 몸이 빳빳하게 굳어지고 말았다.

불청객이 한 손으로 육단풍의 머리를 짓누르고, 다른 한 손으로는 엄지와 검지를 펼쳐 눈알을 움켜잡았다.

"안 돼! 그러지 마! 아아악~ 살려주십시오. 대인, 제가 제가 잘못했습니다. 눈을 뽑으면 안 됩니다. 죄송합니다. 용서하세요, 제발요……."

위엄 따윈 개에게 던져 버렸다. 육단풍은 점소이라도 된 것처럼 소리를 질러댔다.

두 눈 없이 어떻게 살아간단 말인가. 그건 무인에게 있어 사형선고나 다름없었다. 그러나 이 상황에서 자신이 할 수 있는 것은 애원하는 것 외에는 아무것도 없었다. 애원은 통하지 않을 것이다. 허벅지에 검을 박아 넣은 것도 망설이지 않았던 자다.

그때였다.

"자기, 악몽을 꾸는 거예요?"

갑작스런 음성에 불청객이 옆을 돌아봤다.

육단풍도 잠시 애원을 멈췄다.

옆에 시체처럼 곤히 잠들어 있던 애첩이 눈을 비비며 몸을 일으켰다.

"자기, 무슨 일인데……."

애첩이 말을 멈췄다. 그녀의 시선은 짓눌린 육단풍을 보고,

육단풍의 안구를 붙잡으려는 불청객을 보았다. 그다음 이불에 진득하게 묻은 피를 보는 것으로 그녀는 할 일을 찾아냈다.

"꺄아아아악!"

애첩의 비명 소리가 방 안 가득 울려 퍼졌다.

"시끄럽군."

불청객은 육단풍에게서 손을 떼고, 애첩의 머리를 양손으로 붙들었다.

"꺄아아아아아아악!"

애첩의 비명 소리가 두 배나 커졌다.

뚜드득!

애첩의 목이 백팔십 도로 돌아갔다.

동시에 애첩의 비명도 뚝 그쳤다.

육단풍은 멍해져 버렸다.

"초연아……."

애첩이나 실질적으로 그녀는 아내였고, 그가 가장 사랑하는 여인이었다. 그녀와 함께 있으면 그 순간만큼은 낙원이었다. 인생에 가장 큰 위안이며, 자신의 심장과 같은 여인이었다. 그 어떤 여인도, 그 어떤 신비한 보물도 그녀를 대신할 수 없었다.

그러나 이제 그녀는 떠나고 말았다. 이렇게 허무하게 나의 여자를 보내다니. 육단풍은 지켜주지 못한 자신의 무능함에 소리없이 눈물을 흘리기 시작했다.

불청객이 눈을 뽑는 작업을 재차 추진하려고 손을 뻗었다.

육단풍은 애원하지 않았다.

불청객이 고개를 갸웃거렸다.

"우네?"

육단풍은 대답없이 그저 천장만을 바라봤다.

눈을 뽑든, 이를 뽑든, 뼈를 뽑아내든 상관없다는, 모든 것을 체념한 모습이었다.

불청객이 몸을 세우더니 팔짱을 끼었다.

"쯧쯧. 고작 여자 하나 때문에 눈물을 흘리다니. 보잘것없는 놈이로군. 눈을 뽑아낼 가치조차 없는 놈 같으니. 여자! 돌아서라!"

불청객이 죽은 애첩을 불렀다.

최소한 육단풍이 보기엔 그랬다.

그러나,

애첩이 천천히 몸을 돌렸다. 가슴 부위가 뒤로 가고, 등이 보이면서 얼굴이 나타났다.

육단풍의 눈이 휘둥그레졌다.

움직였다, 움직였어. 충격이 커 비명을 지르던 그 상태 그대로 입을 벌리고, 동공이 확대된 채로 정지 상태가 되어 있긴 했지만 분명히 살아 있었다.

육단풍이 감격 속에서 깨어나 서둘러 외쳤다.

"용서하십시오. 앞으로 무슨 일이 있어도 질문을 하지 않겠습니다. 또한 무슨 일이든 시켜만 주십시오. 이 한 몸 불살라 최선을 다하겠습니다."

신월방주가 고용한 살수 따위가 아니었다. 돈으로 부릴 수 있는 자는 더더욱 아니었다.

불청객이 고개를 끄덕였다.

"좋은 자세다. 처음부터 고분고분하게 나왔어야 했다. 내가 두 번이나 불렀을 때, 넌 벌떡 일어났어야 했다. 그랬다면 허벅지도 무사했을 터. 이 모든 건 다 네 탓이다!"

기가 막힌 책임 전가였다. 억울함과 서러움이 육단풍의 가슴 밑바닥에서부터 차올랐다.

"그냥 자고 있었을 뿐이다. 기척도, 살기도 뿌리지 않고 접근해서 나직이 중얼거리면 누구라도 꿈이라고 생각한단 말이다!"

이 절규 대신 육단풍이 공손히 입을 열었다.

"모두 제 탓입니다."

애첩도 살아 있고—비록 목은 돌아갔지만 그 정도쯤이야 바로잡는 건 문제될 것도 없었다—눈이 뽑히지도 않았다. 그깟 책임 소재쯤이야.

불청객이 코웃음을 쳤다.

"흥, 아주 염치없는 놈은 아니었군."

"네, 무슨 일이든 하명해 주십시오."

불청객이 손을 놀려 육단풍의 혈도를 풀어주고 돌아섰다.

불청객의 등판이 무방비 상태로 지척에 놓여 있다. 장력을 발출하면 통쾌한 복수를 할 수 있다. 마지막 절호의 기회, 하늘이 내린 선물이었다.

육단풍은 전심전력으로 천뢰장을 발출할 태세를 갖추었다.

그때 불청객이 말했다.

"아무래도 셋이 함께 듣는 것이 낫겠지. 들어와라."

육단풍은 기겁해서 오른손에 모으던 진기를 황급히 흩어 버렸다.

'휴우, 큰일 날 뻔했다.'

불청객은 혼자의 몸이 아니었다. 셋이라고 했으니 둘이 더 있다는 뜻.

이놈은 무서운 자다. 하나도 감당하기 어려운데 만약 비슷한 수준에 이른 이들이 두 사람이나 더 있다면 무방비 상태의 적 하나를 쓰러뜨린다 해도 죽음을 자초하는 일이 되는 것이다.

육단풍은 불청객이 아무렇지도 않게 허점을 보인 이유를 비로소 깨닫고 문을 바라봤다.

천천히 문이 열리며 두 사람이 들어왔다.

"헉!"

육단풍이 헛바람을 들이켰다.

들어온 두 사람은 구면이었다.

육단풍이 외쳤다.

"신월방주! 광성문주!"

정주의 삼대세력의 수장이 한자리에 모인 것이다.

신월방주와 광성문주는 대답이 없었고, 슬그머니 눈길을 외면했다.

'이건 도대체…….'

육단풍은 자신의 눈을 믿을 수가 없었다.

신월방주는 눈동자에 정기가 번쩍이고, 기개가 당당한 자였다.

그의 독문병기는 '흑월(黑月)'이라는 것으로, 초승달 모양의 공간 참격에 능한 병기로 상대하기가 몹시 까다로웠다. 늘 겉으로는 무시하려 노력했지만 내심으로는 그의 무공에 대해 인정하고 있었다.

그런데 지금 신월방주의 어깨에는 그의 애병인 '흑월'이 박혀 있었다. 걸려 있는 것이 아니었다. 그 주변이 피로 물들어 있었다. 미치지 않고서야 스스로 꽂아 넣었을 리 만무했다.

광성문주라고 형편이 좋은 것은 아니었다.

광성문주는 일흔을 바라보는 나이로 백발이 성성하고, 그의 무형신권은 강맹하기 이를 데 없어 강호의 누구도 가볍게 여기는 자가 없었다.

'하아… 가볍게 보는 자도 있긴 있구나.'

광성문주의 안면 상태를 보며 육단풍이 소감을 뇌까렸다.

백발 아래의 그의 얼굴은 온통 멍투성이였다.

코뼈도 주저앉았고, 눈두덩도 심하게 부어올라 있었다. 그야말로 신바람 나게 맞은 것이다.

다른 때 같았으면 통쾌하다며 웃었을 육단풍은 자신의 두 다리를 바라봤다. 검공에 필생을 바쳐 온 그는 검에 두 허벅지를 관통당하고 말았으니 오십보백보였다.

불청객이 나직이 말했다.

"모두 앉아라."

의자는 없었다. 신월방주와 광성문주가 알아서 바닥에 무릎을 꿇었다.

구룡문주 육단풍도 발을 질질 끌며 광성문주의 옆에 억지로 무릎을 꿇었다. 꿰뚫린 허벅지가 불타는 것 같았으나 이를 악물고 신음을 참아냈다.

그 와중에 육단풍의 애첩 초연은 침상 위에 모가지가 돌아간 채로 정면을 바라보며 입과 눈을 동그랗게 뜨고 있었다. 마침 신월방주와 광성문주 쪽이었기에 두 사람은 이를 악무는지 광대뼈가 실룩거렸다.

불청객이 애첩과 신월방주 등을 번갈아 보다가 말했다.

"여자! 몸을 돌려라!"

초연이 표정의 변화 없이 천천히 몸을 돌렸다. 얼굴이 안 보이는 대신 이제 가슴이 보였다.

불청객이 말했다.

"내가 너희를 부른 것은 매우 중요한 일을 명하기 위해서이다."

"하명하십시오!"

세 사람이 미리 연습이라도 한 듯 동시에 말했다.

"한 사람을 찾는 것이다."

"어떤 자입니까? 죽여야 합니까?"

중간에 앉은 광성문주가 충성스럽게 물었다.

"헉!"

신월방주와 구룡문주가 식겁한 표정을 지었다.

절대 불가! 질문이었다.

신월방주와 구룡문주가 파파팍, 하며 무릎걸음으로 광성문주를 가운데에 남겨두고 옆으로 이동했다.

그제야 사태를 파악한 광성문주가 사시나무 떨듯 떨었다.

"죄, 죄송합니다. 눈, 눈알만큼은 제발……!"

불청객이 번쩍 하는가 싶더니, 광성문주가 앉아 있던 자리에서 사라졌다.

우지끈.

쿵!

철퍼덕!

광성문주의 몸이 문을 박살 내며 날아가 벽에 부딪쳐 바닥을 굴렀다.

광성문주는 신음성을 흘리면서도 혼신의 힘을 다해 박박

기어 다시 무릎을 꿇었다.

신월방주와 구룡문주가 다시 원래의 자리로 돌아왔다.

불청객이 노성을 터뜨렸다.

"죽여? 내가 찾는 그분은 위대한 분이시다. 네놈들이 그분의 발바닥이라도 핥을 수 있다면 영광으로 알아야 하는 분이시단 말이다. 미천한 놈들이 뚫린 입이라고 멋대로 지껄이다니. 한 번만 더 허튼소리를 지껄인다면 그땐 네놈들을 죽이고, 다른 자를 찾아볼 것이다."

세 사람이 머리를 땅에 찧었다.

"무례를 용서하십시오."

불청객이 흥, 하고 콧방귀를 뀌더니 말했다.

"시간이 촉박한 것을 행운으로 여겨라. 너희가 찾아야 할 분은 나의 주군이시다. 나의 신법이 부족하여 주군을 따르지 못했다."

세 사람은 입을 굳게 다물고 묵묵히 경청… 하는 척했다.

정녕 머릿속에서는 질문을 하고 싶어 미쳐 버릴 것 같아 그걸 참는 것이 세상 그 어떤 일보다 어렵게 느껴졌다.

"위대한 주군이란 분이 누구입니까?"

"주군이 심복을 떼놓고 가버린 이유가 무엇인지요?"

"당신의 재주로도 못 찾는 사람을 우리보고 어떻게 찾으라는 말입니까?"

마음의 외침은 마음속에서만 맴돌았다.

불청객이 품에 손을 넣었다 빼더니 툭, 하고 던졌다.

또르르르.

계란만 한 빛나는 구슬이 세 사람 앞으로 굴러갔다.

세 사람이 동시에 외쳤다.

"야명주!"

말끝을 짧게 끊었다. 야명주? 가 되어 질문처럼 들려선 곤란하니까!

불청객이 나직이 말했다.

"이 야명주와 관련된 정보를 가져오라. 이곳은 정주이나 주변까지 속속들이 뒤져라. 기간은 사흘! 그 안에 성과가 없다면……."

세 사람이 침을 꿀꺽 삼켰다.

불청객, 풍천이 말했다.

"너희도 없다."

第四章

무범촌

전전
  긍긍
마교교주

"음음… 음음음……."

계곡에서 콧노래가 연신 흘러나왔다.

장장 한 달간의 도주, 그리고 성공!

도유강은 계곡물에 몸을 씻으며 흥겹게 자축을 벌였다.

풍천이라는 절대 사슬을 끊어냈다. 흥겨운 노래로 스스로에게 작은 보상을 내리고 있는 셈이었다.

도주 기간 한 달 중 가장 고통스러웠던 것은 처음 닷새였다.

말 그대로 한숨도 못 잤고, 물 한 모금 축이지 못했다.

풍천이 불쑥 나타나 '자, 주군. 경공 연습은 이쯤이면 충분합니다' 라는 말을 할 것만 같았다.

무엇보다 도주의 성공 요인은 절벽을 주 경로로 삼은 것이 큰 도움이 되었다.

동쪽 하북성을 넘었다가 다시 산자락의 벼랑을 타 흔적을 지운 뒤 하북성의 남단으로 향했다가 또 절벽을 타고 발자취를 지워 하남으로 내려왔다.

결국 자취가 남은 것은 하북성뿐으로 풍천은 하북성을 빙글빙글 돌며 헤매게 될 것은 불을 보듯 뻔했다.

"지주현자, 고맙소이다. 하하하!"

도유강이 웃음을 터뜨렸다.

지주현자, 그는 사기꾼이면서 또 사기꾼이 아니었다.

지주현자는 단언했다.

"노부는 자부한다. 지주현공은 천하제일의 무공이다. 천하에서 가장 빠른 신법을 펼칠 수 있고, 천하에서 가장 파괴적이며, 천하에서 가장 웅대한 심공이다."

천하제일의 무공이란 점에서 전대 마교 교주인 아버지가 사기를 당하고, 충복이 속아 넘어갔다. 어찌 천하제일의 무공이 충복의 몸에 부상조차 입힐 수 없단 말인가!

그러나 적어도 가장 **빠른** 신법이란 점에 있어서는 어느 정도 인정할 수 있었다. 어떤 경사각이라도 지주현공 중 복영쾌신이라면 문제없었다. 가장 빠른, 이란 말에 과장법이 섞여 있다고 해도 결국 풍천을 따돌릴 수 있었다는 것에 점수를 줄 수 있었다.

계곡에서 나온 도유강은 미리 말려둔 옷을 걸쳤다.

혼강을 소매 안쪽에 밀어 넣고, 세 개의 야명주를 집어 품에 갈무리했다.

아직 야명주를 처분할 때가 아니다.

천천히 해남도 부근에 이를 때 처리해도 늦지 않다.

그렇게 다시 막 걸음을 옮기려 할 때였다.

반짝!

"응?"

빛에 뭔가가 반사되어 눈을 찔렀다.

도유강이 몸을 숙여 그것을 집어들었다.

도유강의 입가에 절로 미소가 번졌다.

"돈이네? 후후후……."

풍천을 따돌렸다고 확신했어도 여태 객점에 들른 적은 없었다. 야명주가 있었지만 지불할 돈이 없어 산짐승을 잡아먹고 지낸 것이다.

"이런이런, 하늘이 축의금을 내린 모양이군. 그럼 감사히 사용해야지."

계곡 줄기를 따라 산을 내려가자 마을이 눈에 들어왔다.

족히 오백여 가구는 되어 보이는 제법 큰 마을이었다.
마을 초입에 이른 도유강이 문득 걸음을 멈췄다.
"설마……."
보고도 믿을 수가 없었다.
입구에 세워진 팻말 때문이었다.

무법촌(無犯村).

정자체로 '범죄없는 마을'이 새겨져 있었다.
그 아래 장장 오십 년이라는 문구가 작게 첨부된 것이 절로 호기심을 자극했다.
"풍천과 헤어지고 나니 좋은 일들이 절로 찾아드는구나. 돈을 줍더니 곧바로 범죄없는 마을이라니. 정녕 풍천 이놈이 재앙 덩어리였던 게지."
도유강은 무법촌에 이른 것이 마치 운명처럼 느껴졌다.
여생을 해남도에서 보내기로 한 마당이다. 범죄가 없는 곳에서 사람들이 어떻게 따뜻한 마을을 만들어가는지 지켜보는 것도 장래를 위한 큰 공부가 될 것 같았다.
곧바로 객점을 찾은 도유강은 점소이에게 주운 돈을 보여주며 물었다.
"이 돈으로 시킬 수 있는 음식은 어떤 것이 있느냐?"
점소이가 잠시 이상하다는 눈빛을 띠었다. 하지만 그것도 잠시 이내 공손히 대답했다.

"고기 만두 세 개, 혹은 소면 한 그릇을 드실 수 있습니다요."

도유강은 고민할 것도 없이 소면을 선택했다.

면발로 배를 채우기 부족할지 몰라도 사람이 만든 음식을 먹는다는 것이 중요했다. 또한 객점에서 사람들이 나누는 대화를 통해 범죄없는 마을에 대해서도 간접적으로 알고 싶었다.

"아, 저기 손님, 죄송합니다만 시간이 시간인지라 빈 탁자가 없습니다. 다른 분과 합석을 하셔야 할 듯한데 괜찮으신지요?"

"문제없다."

죄송할 일이 아니었다. 오히려 잘된 일이었다. 범죄없는 마을의 사람들이 어떤 대화를 나누는지 듣고 싶었으니까.

점소이가 안내한 자리엔 중년 남자 두 명이 한참 대화를 나누고 있었다. 그들도 소면을 먹고 있었고, 들어온 지 얼마 되지 않았는지 절반도 줄지 않은 상태였다.

도유강은 가볍게 목례를 하고 자리에 앉았다.

중년 남자들도 슬쩍 고개를 끄덕이더니 대화를 이어갔다.

"정말이라니까!"

"말도 안 되는 소리 그만 하게."

"날 못 믿나?"

"자넬 못 믿는 것이 아니라 농담과 진담을 구별하려는 것뿐일세."

도유강은 호기심이 일어 귀를 쫑긋 세웠다.

맞은편에 앉은 청의중년인은 믿음을 주려 하고, 옆의 황의중년인은 농담으로 치부하려고 했다.

청의인이 답답한지 가슴을 두드렸다.

"농담이 아니라니까. 이 친구 너무하는군. 내가 이 두 눈으로 똑똑히 봤대도."

황의인이 콧방귀를 뀌었다.

"흥, 사람이 어떻게 일 장(약 3미터) 높이의 담장을 제자리에서 훌쩍 뛰어넘을 수 있단 말인가? 그건 이미 사람이 아닐세. 귀신인 게지."

"그럼 두꺼운 송판 두 장을 손끝으로 뚫은 것도 믿지 않을 셈인가?"

"물론이지. 자네 말대로 송판을 손가락을 모아 뚫는다면 천하에 누가 당할 수 있겠나? 내가 기왓장 다섯 장을 수도로 내려쳐 깬 것이라면 믿어주겠지만 손가락 끝으론 무리야. 그런 걸 가리켜서 사기라고 하는 걸세. 알겠나? 사! 기!"

도유강은 거기까지 듣다가 하마터면 웃음을 터뜨릴 뻔한 것을 가까스로 참아냈다.

이 마을은 범죄없는 곳이 확실했다.

이들은 강호를, 무림을 전혀 모르고 있었다.

철판도 아니고 송판조차 불신하고 있었다. 당장 이들의 눈앞에서 혼강을 꺼내 쇠를 자르는 시범을 보이면 어떤 표정을 지을까 생각하니 괜히 흐뭇해졌다.

청의인과 황의인 이 두 중년인은 귀엽게 생기진 않았지만 도유강은 그들의 순박함이 너무도 귀엽고 마음에 들었다.

점소이가 소면을 내와 몇 젓가락을 뜨는 와중에도 두 사람의 대화는 계속되었다.

"사기는 아닐 거야."

청의인이 말했다. 하지만 이미 기가 꺾여 목소리에 자신감이 결여되어 있었다.

"아니긴. 지난번 정주에서 왔다던 약장수를 자네가 못 본 모양이군."

"약장수? 언제 왔었는데?"

"쯧쯧. 내 말을 끝까지 들어보게. 그 약장수로 말하자면 자네가 말한 그 신비한 능력을 지닌 사람들과는 비교할 수도 없었다네."

"와아, 어느 정도기에?"

"재주도 넘고, 근육 자랑도 하고 그러더군. 근데 압권은 마지막이었어. 갑자기 약장수가 칼을 뽑았거든. 햇빛에 예기가 서린 날이 쨍 하고 빛을 내더군. 문제는 그다음이었네."

황의인의 말에 청의인이 젓가락을 든 채로 침을 꿀꺽 삼켰다. 도유강도 소면을 먹는 척하면서 그다음 말을 기다렸다.

황의인이 말을 이었다.

"약장수가 느닷없이 자신의 몸을 찌르는 것이 아니겠나. 모두들 깜짝 놀라고 말았지. 목이며, 심장이며, 허벅지를 마구 찌르는데 어찌 놀라지 않을 수 있었겠나."

"그럼 약을 팔려다 자결해 버린 것이란 말인가?"

"그것도 물론 놀랄 일이지만 더 큰일이 벌어졌지. 약장수가 몸에 칼을 댈 때마다 칼이 부러져 나간 걸세. 칼 조각이 바닥에 떨어질 때마다 쨍그랑거리는 소리까지 났거든."

"와아, 기가 막히는군. 내가 어찌 그 구경을 놓쳤을까나. 자네 그 약장수의 약을 샀겠지?"

"앞서 가긴. 진짜 이야기는 지금부터일세."

"진짜 이야기라니? 지금도 충분히 놀라운데?"

도유강도 청의인의 말에 적극 동감이었다. 그 약장수는 무공의 고수임이 틀림없었다. 어떤 사연으로 약장수로 둔갑해 있는지 모르나 거의 풍천 정도의 고수일 터였다.

황의인이 진짜 이야기를 꺼내기 시작했다.

"모두들 눈이 휘둥그레지고 말았다네. 그 자리엔 마을 어른들이며 심지어 용운장의 장주님과 부인, 그리고 총관님까지 구경을 나온 자리였거든. 그렇게 모두가 약장수의 약을 반드시 사야겠다고 생각하고 있을 때였네. 그때 전혀 예상 못한 일이 벌어지고 말았다네."

"무슨 일?"

"하하하, 아홉 살 정도나 됐을까 싶은 사내아이가 누가 말릴 새도 없이 쪼르르 달려가서는 칼 조각을 주워 들고는 흉내를 낸답시고 배에 쑤셔 박은 거야."

"헉! 그런 참혹한 일이……."

청의인이 손으로 입을 막았다.

도유강도 그만 기겁하고 말았다.

황의인이 고개를 저었다.

"섣부르긴. 결과가 참혹하다면 내가 웃었겠나? 아이는 멀쩡했어."

"왜?"

'말도 안 돼. 어떻게 그럴 수 있지?'

도유강도 마음속으로 물었다.

황의인이 어깨를 으쓱했다.

"칼이 부러졌거든. 닿으면 부러지도록 만들어진 칼이었던 거지. 약장수는 바로 짐을 챙겨 달아나 버렸고 말이네."

"하아, 다행이군. 다행이야. 하지만 실망스러운 건 어쩔 수 없군."

"그러니까 결론은 자네가 보았다는 그런 특별한 능력을 가진 사람은 없다는 걸세. 말로야 무슨 말을 못하겠나? 한 번 시켜만 보게. 절벽을 평지처럼 내달리는 사람 이야기라도 해줄 테니까 말이네."

"하하하, 내가 졌네, 졌어."

"켁켁켁……."

도유강이 소면을 삼키던 중 절벽 달리기란 이야기가 나오자 그만 사레가 들려 기침을 해댔다.

"젊은 친구, 천천히 드시게."

황의인이 등을 토닥여 주었다.

"켁켁……."

도유강이 캑캑거리면서 고맙다는 뜻으로 머리를 끄덕였다. 기분이 점점 더 좋아진다. 비극으로 치달을 줄 알았던 약장수 이야기 속의 아이도 무사했고, 약장수는 사기꾼으로 판명 났다.

이 마을이 왜 무범촌인지도 이해가 되었다.

무공, 무림, 강호, 이런 것들을 전혀 모르는 순박한 사람들이었다. 역시 강호를 떠난다는 것은 옳은 선택이었다. 이들도 사람이니 싸우기야 하겠지만 서로 주먹다짐을 하다가 코피라도 나면 졌다고 인정할 사람들이었다.

도유강은 해남도도 좋지만 아예 이곳에서 눌러앉을까 하는 생각이 들 지경이었다.

그사이 중년인들의 이야기는 다른 주제를 다루고 있었다.

"내일부터 잔치인데 용운장에 갈 생각인가?"

청의인이 물었다.

황의인이 어깨를 으쓱했다.

"물론이지. 가서 장주님께 인사도 드려야 하고. 그러는 자넨 안 가려고?"

"흐흐, 나도 가서 뵈어야지. 일 년 내내 진이 빠지게 생고생을 했지 않은가. 그나마 연중 가장 태평한 날이고. 또 가지 않았다가는 아마 경을 치고 말 것이 아닌가 말일세. 난 내일 아침은 아예 굶고 갈 생각이네."

"하하하, 이 친구도 참."

소면의 국물을 홀짝이던 도유강은 문득 호기심이 들었다.

"마을에 좋은 일이 있나 보군요?"

"타지에서 온 것이라면 내일까지 마을에 머물다 떠나시게. 내일이 마을 유지 분의 생신이라네. 매해마다 생신 때는 크게 잔치를 벌이시지. 잔치는 사흘 동안 이어지고, 밤이 하얗게 새도록 술과 음식을 먹을 수 있다네."

"정녕 훌륭하신 분이로군요. 말씀 감사합니다."

도유강은 진심으로 탄복했다.

이 마을은 축복받은 마을이었다. 도유강은 슬그머니 가슴 부위에 갈무리한 야명주를 어루만졌다.

'용운장이라… 이 마을에 도움을 주어야겠다.'

강호와 동떨어진 이곳이라면 야명주를 처분해도 소문이 나진 않을 터. 도심보다 훨씬 싼값에 용운장에 판다면 이 마을은 더욱 살기 좋은 곳이 될 것이 분명했다.

도유강이 두 사람에게 물었다.

"용운장은 어디쯤 있는지요?"

용운장을 찾는 것은 어렵지 않았다. 알려준 대로 따라서 걷길 일다경이 지났을까. 도착하기도 전에 큰 전각들이 눈에 들어왔다.

"보석을 파시겠다고요?"

용운장의 총관이 차를 권하며 물었다.

나이는 오십 세 전후로 보였고, 비쩍 마른 몸에 꼼꼼함이 가득 배인 얼굴이었다. 전형적인 총관의 모습으로 주름마다 인생의 연륜이 묻어났다.

도유강이 품에서 야명주를 꺼내 탁자 위에 올려놓았다.

"이것입니다."

"오오!"

총관의 눈이 두 배 정도로 커졌다.

"야명주로군요. 놀랍습니다."

전체적으로 옥빛 광채를 띤 야명주는 보는 각도에 따라 구체 안에서 자줏빛이 실핏줄처럼 흐르고 있었다. 크기는 계란 정도로 손에 쥘 수 있을 정도였다.

"알아보시는군요."

도유강은 담담히 말했다.

총관이 야명주를 집어들고 이리저리 살폈다.

"이 귀한 것을 어디서 구하셨는지요?"

그 말을 하자마자 총관이 고개를 두세 번 저었다.

"아, 제가 실례되는 질문을 드렸군요. 용서하십시오."

"하하, 괜찮습니다."

총관의 대처가 마음에 들었다.

총관은 아직 감동에서 벗어나지 못하고 있었다.

"이건 굉장해 보이는군요. 제가 보석을 보는 안목이 보잘것없고, 야명주도 일생에 단 한 번밖에 보지 않았지만 정녕 극상품으로 보입니다. 원래 귀한 보물이란 사람을 가리는 법이거늘 공자께서 이런 보물을 지니신 것을 보면 정녕 귀인임을 증명하는 것이라 할 수 있겠습니다."

"하하, 과찬이십니다."

그러나 이내 총관의 얼굴이 어두워졌다.

도유강이 의아한 마음에 바로 물었다.

"마음에 걸리는 것이라도 있으십니까?"

총관이 길게 한숨을 내쉬었다.

"다름이 아니오라 이 야명주는 보통 물건이 아닐 겁니다. 저로서는 도대체 얼마의 값을 매겨야 좋을지 모르겠군요. 제값을 받으시려면 정주에서 감별사를 불러와야 할 것 같습니다."

"값싸게 넘길 생각이니 굳이 멀리까지 가서 감별사를 부를 필요는 없을 듯합니다."

"그럴 순 없습니다. 다른 곳에서는 어떨지 몰라도 무범촌에서 그렇게 몰상식한 거래가 이루어져서는 안 되지요."

도유강은 다시 그럴 필요가 없다고 말하려다 문득 총관의 입장에서는 진품인지 가짜인지 명확히 구별하려는 뜻을 에둘러 표현한 것일지도 모르겠다는 생각이 들었다.

"좋습니다. 그렇게 하시지요. 시간은 얼마 정도 걸리겠습니까?"

"서두른다면 닷새 이내면 되겠습니다. 마침 내일부터 잔치가 벌어지니 흥겹게 잔치 속에 몸을 담고 계시면 시간은 금세 흐를 것입니다. 기다리는 동안 별채를 쓰시도록 배려해 놓겠습니다. 내 집이라 생각하고 지내주십시오."

도유강이 고개를 끄덕였다.

"고맙습니다. 아, 한 가지 부탁드릴 것이 있습니다. 노파심에서 드리는 말씀입니다만 제가 야명주를 가져왔다는 이야기는 다른 누구에게도 비밀로 해주십시오."

"물론입니다. 세상 그 누구도 모르도록 하겠습니다."

* * *

저녁 무렵, 총관은 장주의 처소에서 장주와 장주의 부인 이씨와 자리를 함께했다.

"장주님, 생신 축하드립니다. 장주님의 덕이 얼마나 높은지 복이 절로 들어오는군요."

총관이 눈을 가늘게 뜨고 말했다. 입가에 비릿한 미소가 걸려 있었다.

총관의 맞은편에 사람 두 명을 겹쳐 놓은 듯 뚱뚱한 체구의 장주가 너털웃음을 터뜨렸다.

"껄껄껄, 생일 선물치곤 과하군."

그가 웃을 때마다 몸을 지탱하고 있는 의자가 무게를 이기지 못해 삐거덕거렸다.

장주가 술잔을 들어 입에 털어 넣고는 총관의 잔에 술을 따라주었다.

총관이 두 손으로 잔을 받으며 말했다.

"기쁜 일은 그뿐이 아닙니다."

"오호, 또 무슨?"

"야명주가 두 개가 더 있는 것을 확인했습니다."

"껄껄껄, 그게 정말이더냐?"

"혹시나 싶어 목욕을 하는 중에 옷을 살피라고 명해두었습죠. 그 결과 흐흐흐, 두 개가 더 있었답니다. 비수도 두 자루를 발견했습니다만 아마도 자결할 때 쓰려는 것이 틀림없습니다."

"호호호, 도대체 어디에서 굴러먹다 온 녀석이지요?"

부인 이씨가 끼어들었다.

오십대 초반에 이른 그녀는 몸매로만 보면 이십대 못지않았다. 하지만 주름은 어쩔 수 없어 나이를 드러내고 있었는데, 눈꼬리가 심하게 치켜 올라가고 코가 높아 매우 사나운 인상이었다.

"신상에 대해서는 세세히 묻지 않았습니다. 혹시라도 의심을 할 수도 있으니까요. 하지만 몸가짐과 외모에 절로 기품이 서린 것을 보면 명문의 자제가 틀림없습니다."

"그래요?"

"시녀들에게 물으니, 욕조에서도 두 시녀가 씻겨주는데도 당연하다는 듯 느긋하게 알몸을 맡기고 있더랍니다. 일상에서 경험이 없다면 취할 수 없는 행동이지요."

"호호, 훔친 물건은 아니란 말이로군요?"

"그런 것 같습니다. 아마도 모종의 사정으로 집안의 보물을 들고 나온 것이 아닌가 싶습니다."

장주가 바로 킬킬거렸다.

"천둥벌거숭이 같은 놈. 세상이 얼마나 험악한 줄도 모르고……."

"호호, 여보, 그런 말씀 마세요. 당신께 선물을 주려고 집까지 뛰쳐나온 애송이에게 고운 말을 쓰셔야죠."

"껄껄껄. 이런, 내가 말실수를 했구먼."

"호호호, 물론이지요. 이 마을은 범죄없는 마을, 무범촌이잖아요."

총관도 두 사람을 따라 웃음을 머금었다.

화기애애한 웃음 끝에 장주가 총관을 향해 몸을 당겼다.

"집안이 든든한 놈이라면 소리없이 해치우는 것이 중요하다. 구문에게 말은 전했느냐?"

총관이 씨익 웃었다.

"염려 마십시오. 내일 저녁 두 명의 의제와 함께 조용히 묻어버리겠답니다."

부인 이씨가 처량한 척 목소리를 냈다.

"구문이 나섰다면 이미 죽은 것이나 다름없군요. 이런이런, 불쌍해서 어쩌나. 우리 애송이······."

"껄껄껄."

"호호호."

*   *   *

오랜만의 편안한 시간이었다.

도유강은 제대로 된 목욕과 식사, 그 간단한 것만으로도 일상으로 돌아온 실감이 났다.

용운장에서 머문 지 이틀째가 되자 성대한 잔치가 벌어졌다. 하나둘 모여든 사람들이 결국 인산인해를 이루었고, 밤이 깊어가지만 사람들은 떠날 줄을 모르고 술과 음식을 나누며 흥겨워했다.

도유강은 창문 너머로 그 광경을 지켜보기만 했다.

따뜻한 남쪽 해남도에 가면 이런 마을을 만들리라. 도유강은 소리없이 마음으로 다짐했다.

지금도 마음 같아선 저들과 한데 어우러지고 싶었지만 용운장의 별채에 머물게 된 이유에 대한 이야기가 나왔을 때, 거짓말을 하고 싶지 않아 바라보는 것만으로 만족하기로 했다.

한참 동안 밖을 바라보던 도유강은 흐뭇하게 한 번 웃어준 후, 방 중앙에 결가부좌를 틀고 앉았다.

고요히 마음을 가라앉히고, 지주현공의 묘리를 따라 운기조식에 들었다.

강호에 몸담을 생각은 없다. 하지만 이왕 익힌 무공을 버릴 필요도 없었다.

지주현공은 아버지의 사랑이 담긴 안배다.

빼앗지 않아도 빼앗기진 않아야 한다.

사랑하는 사람을, 소중한 친구를, 필요한 재물을!

그것들을 지켜낼 수 있는 힘을 갖추어두고 내색하지 않으면 그만이다.

곧 머릿속이 청명해졌다.

도유강은 지주포룡수를 떠올렸다. 비급을 본 것도, 누구에게 사사한 것도 아니나, 그저 의념을 일으키는 것만으로 머리에 각인된 지주포룡수가 눈앞에 펼쳐졌다.

지주현공 중 경공술인 복영쾌신 다음으로 마음이 가는 것이 지주포룡수였다.

총 삼십육 식의 지주포룡수는 금나수법의 일종으로, 거미가 거미줄을 쳐 그보다 더 큰 곤충을 포획하는 이치를 담고 있었다.

심상으로 지주포룡수를 세 차례에 걸쳐 펼쳐 냈다.

가상의 적을 머릿속에 띄워두고, 수많은 변초를 시험해 보았다. 일반적인 금나수와는 비슷하면서도 확연히 달랐다. 상대의 관절을 제압한다는 것은 같았으나 그전에 기를 거미줄처럼 발출해 우선적으로 적을 옭아매는 점에선 상승무학의 특징을 지니고 있었다.

생각이 거기에 미치자 문득 지주포룡수가 은혼섬에 응용될 수 있지 않을까 하는 생각이 들었다.

앉은 상태로 도유강이 오른쪽 소매를 휘둘렀다.

소맷자락 안에서 백광이 번쩍하며 혼강이 벽에 박혔다.

벽까지의 거리는 이 장 정도!

이 거리에서는 회수가 불가능하다. 게다가 단단한 벽에 박혀 있는 상태.

하지만 지주포룡수라면?

즉시 지주포룡수의 제칠식인 회연반도를 펼쳤다. 기가 가늘게 꼬아지며 벽에 박힌 혼강의 자루 부분이 살짝 흔들렸다.

도유강의 얼굴이 이내 밝아졌다.

"하하, 되는구나?"

뜻밖의 수확이었다.

익숙해지기만 한다면 은혼섬에 지주포룡수를 얹어 자유자재로 혼강을 던지고 회수할 수 있을 것 같았다.

그때였다.

똑똑똑.

문을 두드리는 소리가 났다.

도유강이 자리에서 벌떡 일어나 벽에 박힌 혼강을 뽑아 갈 무리했다.

"누구시오?"

지나치게 몰두한 탓에 인기척을 느끼지 못하고 말았다.

"네, 화월입니다."

화월이라면 어제오늘 시중을 들고 있는 시녀였다. 그녀가 목욕 시중까지 들었던 터였기에 도유강은 살짝 짜증이 났다.

장주의 마음을 읽을 수 있었다. 귀한 손님이란 생각에 시녀를 잠자리 시중까지 들게 하려는 것이리라.

"들어오시오."

문이 열리고 시녀 화월이 들어왔다.

"무슨 일입니까?"

화월이 공손히 머리를 조아렸다.

"장주님께서 특별히 공자님의 편안한 잠자리를 위해……."

거기까지 듣던 도유강이 말을 잘랐다.

"그냥 돌아가시오. 시녀라는 이유만으로 이런 일까지 할 필요는 없소."

화월의 안색이 당혹스럽게 변했다.

"그래도 장주님께서 명하신 일인지라……."

"그대도 비록 시녀의 몸이나 언젠가는 사랑하는 사람을 만나 혼인을 할 것이 아니오. 하룻밤의 쾌락을 위해 희생할 필요는 없소이다."

"네?"

시녀 화월이 눈을 동그랗게 떴다.

"네?"

도유강도 눈이 동그래졌다.

뭔가 잘못되었다.

시녀가 살포시 홍조를 머금고 말했다.

"장주님께서는 숙면을 취하실 수 있도록 향초를 가져다 드리라고 하셨습니다."

"아… 네, 고맙습니다."

아니나 다를까, 시녀 화월의 손에는 향초와 화섭자가 들려 있었다.

시녀가 공손히 머리를 조아리고 방을 나서자, 도유강은 스스로의 머리를 후려쳤다.

"이런 멍청이!"

한참 자신을 구박하던 도유강은 장주의 배려를 생각해 향을 피웠다.

"놈의 마지막 식사는?"

장주가 물었다.

총관이 입꼬리를 슬쩍 말아 올리며 대답했다.

무법촌 81

"마지막 가는 길에 결코 원망이 없도록 최고급 요리를 접대했습니다."

"잘했다. 죽더라도 원망은 없어야지. 저승길이 멀다 해도 배가 부르면 원망보다 배 두드리기 바쁠 테니까. 구문은?"

장주의 말에 총관이 밖을 향해 목소리를 높였다.

"구문은 들어오라."

삼십대 후반의 눈빛이 예사롭지 않은 사내가 안으로 들어섰다.

"장주님께 인사 올립니다."

"오랜만이군. 거기 앉아."

구문이 앉는 것을 보며 장주가 물었다.

"소란스럽지 않게 처리할 수 있겠지?"

"염려 놓으십시오. 그 애송이가 정신을 차렸을 때는 이미 저승일 것입니다."

"역시 듬직하군."

장주가 삼 겹 턱을 쓰다듬으며 고개를 끄덕였다.

총관이 말했다.

"화월이가 취취초의 향을 무사히 전달했습니다. 아마도 지금쯤 세상모르게 곯아떨어졌을 테니 솔직히 구문이 할 일이라곤 땅에 묻는 수고 외엔 없을 것입니다."

구문의 얼굴에 살짝 불쾌감이 떠올랐다.

하지만 장주는 만족스러운 듯 웃었다.

"취취초라면 생매장을 당해도 모를 만하지."

이어 구문을 보며 말을 이었다.

"구문, 네가 비록 상상하기 힘들 정도의 살귀요, 무범촌이 낳은 최고수라곤 해도 굳이 어렵게 일을 처리할 건 없다. 총관의 말이 언짢을 수도 있으나 어떤 식으로든 결과가 중요할 뿐이라는 뜻이니 마음 쓰지 말거라."

"물론입니다. 총관님의 말씀은 현실을 이야기하신 것뿐이니까요."

"그럼, 그렇지. 내가 잘못 본 게지. 이제 소추만 기다리면 다 끝나는 것이겠구나."

소추는 올해 이십오 세로 장주의 외아들이었다.

야명주를 검증하고, 일단 하나를 처분하기 위해 어제 해질 무렵 빠른 말을 타고 정주로 떠난 터였다.

"소가주께선 영민하기 이를 데 없는 분이십니다."

총관이 듣기 좋은 말을 했다.

장주가 큰 덩치를 일으켜 술병을 하나 들고 왔다.

구문의 눈이 커졌다.

"홍화주로군요?"

장주가 흐뭇하게 웃었다.

"알아보는구나. 내 특별한 날이 오면 이 술을 마시려 보관하고 있었다. 구문, 나는 홍화주와 함께 널 기다리겠다."

"서두르겠습니다."

구문이 대답했다.

"그래, 그 말이 듣고 싶었다."

장주가 느긋하게 의자에 몸을 기댔다.

밤이 깊었지만 잔치는 계속되어 장원은 소란스러웠다.

건물 그림자를 타고 뒤쪽 별실 쪽으로 세 사람이 빠르게 움직였다. 별실 쪽은 상대적으로 고요했다.

별실 건물 앞에 이르러 구문이 속삭였다.

"코와 입을 가려라."

그는 두 의제에게 말하며 자신도 수건으로 코와 입을 가렸다. 물을 적셔둔 탓에 수건의 끝에서 한 방울씩 물이 떨어져 내렸다.

"언제나처럼 방법은 같다. 이번 일도 최대한 빠르고 간단히 해결하는 것이다."

구문의 말에 두 사내가 고개를 끄덕였다.

구문이 왼편의 사내를 바라봤다. 그의 손에는 흑색 포대가 들려 있었다.

"이한!"

"다녀오겠습니다."

"홍화주가 기다리고 있다. 최대한 빨리!"

"물론이지요."

이한이 눈을 찡긋해 보이고 별실 안으로 들어갔다.

기다리는 중에 황언교가 속삭였다.

"형님, 홍화주가 그리 대단한 술입니까?"

"설명이 필요없지. 마셔보면 안다. 침이 고이려 하니 홍화주 이야기는 꺼내지도 마라."

"네."

구문은 옅은 미소로 별실 입구를 바라봤다.

계획은 간단했다.

야명주를 가지고 온 애송이는 수면독인 취취초의 향에 당해 깊이 잠들어 있을 것이다. 이한이 할 일이라곤 잠든 놈을 포대에 싸서 나오는 것이었다.

그다음은?

야산에 묻는다. 이틀까지 잠들게 하는 취취초이기에 생매장을 한다고 해도 깨어날 염려가 없었다. 그야말로 죽는지도 모르고 얌전히 땅에 묻혀 죽는 것이다.

구문의 눈이 번쩍 하고 빛났다.

이한이 모습을 드러낸 것이다.

그러나 곧 구문의 눈에 독기가 뿜어졌다.

이한이 응당 짊어져야 할 포대 자루가 들어갈 때와 마찬가지로 여전히 빈 자루인 채였다. 게다가 어떻게 된 일인지 얼굴이 새하얗게 질려 있었다.

"무슨 일이냐?"

구문이 이한의 멱살을 잡아채 당기며 물었다.

이한이 침을 꿀꺽 삼키더니 대답했다.

"놈, 놈이 깨어 있었습니다. 바닥에 앉아 생각에 깊이 잠겨 있었습니다."

"그게 무슨 소리야? 취취초의 향은 수면독인데 어떻게 잠들지 않을 수 있단 말이냐! 세상에 그런 인간은 없다."

구문은 이한을 의심했다. 혹시 이놈이 애송이를 처치하고 두 개의 야명주를 빼돌린 것이 아닐까 싶었다.

그는 지금까지 장주의 명을 받고 백여 명이 넘는 자를 죽였고, 개별적으로는 오십여 명이 넘는 자를 해치웠다. 그중 삼분지 이가량은 취취초를 이용했다. 쉬운 길을 두고 굳이 어려운 길을 갈 필요가 없다는 생각에서였다.

장주 앞에서 총관의 말에 불쾌한 기색을 드러낸 것은 철저히 의도한 것이었다. 자신의 가치를 높이기 위한 일환이었을 뿐이었다.

누구라도 취취초에 일각가량 노출되면 개구리가 동면에 들듯 잠들어 버린다. 언젠가 한 번은 취취초의 효력이 어느 정도인지 보기 위해 살점을 떼어내 본 적도 있었으나 신음 소리조차 듣지 못했다.

"허튼소리를 쉽게 지껄이는구나."

구문이 이기죽거렸다.

이한이 억울하다는 듯 고개를 마구 젓고는 눈을 똑바로 마주치고 대답했다.

"저를 의심하시는 것도 이해합니다만 사실입니다. 믿어주십시오. 헛것을 본 것도 아닙니다. 제가 들어온 것을 보더니 무슨 일이냐며, 왜 입을 가리고 있냐고 묻기까지 했습니다. 그 말을 듣는 순간 너무 놀라 미쳐 버리는 줄 알았습니다."

"그래서?"

"가까스로 임기응변을 발휘했습니다. 불편하신 것은 없는지 살피러 왔고, 손수건으로 가린 것은 향에 민감하기 때문이라고 둘러댔습니다. 다행히 별 의심은 하지 않는 눈치였습니다."

"흐음, 괴이한 일이로군."

구문은 턱을 쓰다듬었다. 이한과 함께한 지도 어느덧 십 년이 넘어간다. 그는 이한이 거짓말을 할 때 결코 눈을 똑바로 마주치지 못한다는 것을 잘 알고 있었다.

취취초에 당하지 않는 놈이라. 쉬운 상대가 아니라는 뜻이었다.

"곱게 죽을 운명이 아닌 게로구나. 오랜만에 피를 봐야 할 것 같다."

그는 단 한 번도 목표를 놓친 적이 없었다. 죽여야만 하는 자라면 반드시 죽였다.

"내가 처리하겠다. 너희는 장주님께 보고해라, 계획이 바뀌었다고."

두 사람의 얼굴에 안도가 서렸다.

그들의 대형에 대한 신뢰는 절대적이었다.

"네!"

두 사람이 몸을 날렸고, 멀어져 가는 것을 보며 구문이 비릿하게 웃었다.

"애송이, 너의 특이체질 때문에 고통스럽게 죽는 것이다. 부디 나를 원망치 말거라."

第五章

최고수 구문

전전
긍긍
마교교주

도유강은 잠을 이루지 못하고 있었다.
 은혼섬과 지주포룡수의 구결을 비교하며 확실한 연계점을 찾는 것은 쉬운 일이 아니어서 머리가 터질 지경이었다. 잡힐 것 같다가도 홀연히 연기처럼 사라져 버리기 일쑤였다.
 그나마 한 가지 위안이라면 장주가 배려해 준 향이 어찌나 효과가 남다른지 마음을 진정시켜 준다는 점이었다.
 '내일은 아침에 일찍 일어나 장주에게 감사의 말을 전해야겠구나.'
 도유강이 그리 다짐할 때였다.
 스르륵.

방문이 슬며시 열렸다.

도유강이 시선을 던졌다.

이 밤은 유달리 많은 관심을 받고 있었다.

시녀가 향을 건네러 오고, 또 한 사내는 불편한 것이 없는지 묻고 갔다. 친절, 그 자체가 불편으로 느껴질 만큼 도가 지나쳤다.

또 무슨 일일까 하고 바라보던 도유강은 튕기듯 뒤로 물러났다.

이번엔 달랐다. 안부 따위를 물으러 온 것이 아니었다.

아까 들어온 이와 검은 손수건으로 입과 코를 가린 것은 같았지만 이자의 오른손엔 비수가 들려 있었다.

마을 사람이 아니다.

"누구냐?"

도유강이 날 선 목소리로 물었다.

대답은 없었다.

도유강이 다시 물었다.

"대산에서 온 것인가, 와선이 보낸 자인가?"

"곧 죽을 놈이 호기심이 많군. 후후, 염라대왕이 보냈다고 해두지."

적이 여유있게 뇌까렸다.

도유강은 절망에 사로잡혔다. 목적이 밝혀졌다. 마교의 척살조일 수도, 와선신의의 사주를 받은 특급살수일 수도 있었다.

어느 쪽이든 적의 경지는 상상할 수 없는 것이었다.

풍천조차 따돌렸건만 상대는 풍천이 하지 못한 일을 해냈다. 그것만으로도 상대가 얼마나 대단한 수준에 있는지 짐작할 수 있는 것이다.

적은 그걸 증명하듯 태연히 바라보기만 했다.

어디에도 긴장하는 빛이 없었다.

도유강은 등줄기가 축축이 젖어들어 가는 것을 느꼈다.

'기세가 읽히지 않아.'

태양혈은 밋밋하고, 외부로 발산하는 기운 또한 철저히 차단하고 있었다. 불길이 정순해지면 파랗게 되듯 본신의 기운마저 자연스럽게 다스릴 수 있는 경지인 노화순청에 이른 자였다.

도유강은 오늘이 생의 마지막임을 예감했다.

'기껏 풍천을 따돌렸거늘…….'

만약 풍천이 곁에 있었다면…….

도유강은 고개를 저었다. 헛된 망상일 뿐이다. 현실을 직시할 필요가 있었다.

맥없이 죽는다면 그다음이 더 큰 문제였다. 필시 흔적을 지우기 위해 무범촌 전체를 지워 버릴지도 모를 일이었다.

이 순박한 사람들이 왜 죽어야 하는지도 모른 채 싸늘한 시체가 되는 것만은 무슨 일이 있어도 막아야 했다.

'아, 도유강아. 살고자 하는 마음은 버리고, 오직 함께 죽는 것만 생각해야 한다.'

도유강은 동귀어진을 택했다.

그러자 또 한편으로 비통한 마음이 불쑥 고개를 쳐들었다.

꿈을 꾸고 있었다. 신선이 되겠다는 것도 아니고, 천하제일인이 되겠다는 것도 아니었다. 그저 죽고 죽이며, 힘만을 갈구하는, 피와 한이 끝없이 맴도는 강호를 떠나고 싶을 뿐이었다.

강호를 모르는 사랑하는 여인과 함께 소박한 일생을 보내고 싶었다. 꿈이 무엇이든 그 꿈을 이루기란 이처럼 어려운 것일까.

"하하하하! 나 도유강, 생의 마지막만큼은 원하는 바를 이루고야 말겠다!"

웃고 있지만 울음이 터져 나올 것 같았다.

말을 맺음과 동시에 도유강이 신형을 날렸다.

스윽, 하며 공간을 격하는 순간 이미 오른손과 왼손에 각각 혼강을 움켜쥐었다.

적의 눈과 코, 모공까지 들여다보일 만큼 가까이 이르렀을 때, 도유강이 적의 목에 혼강을 박아 넣었다.

아니, 그렇게 하려고 했다.

팟!

도유강은 복영쾌신을 발휘해 이내 원래 자리로 돌아왔다.

이마에 굵은 땀방울이 맺혀 눈썹을 타고 내려왔다.

도유강의 안색은 창백해져 있었다.

'미동조차 없다니. 설마 잔상이란 말인가!'

그럴 수도 있고, 아니면 형용키 어려운 자신감일 수도 있었다. 무엇이든 좋은 결과를 얻기는 힘들 것 같았다.

도유강은 문득 마교의 환영마객이 떠올랐다.

환영마객은 경공으로는 전광동자와 복운쾌마에 비해 뒤지나 보법의 운용만큼은 타의추종을 불허했다.

그의 모습을 보았다고 생각하면 이미 그 모습은 더 이상 그가 아닌 환영이었다. 환영마객의 경이로운 점은 검으로 살과 뼈를 가르는 느낌까지 환영, 환감을 부여한다는 점이었다.

원래 있던 자리에 기를 남겨두어 마치 살을 파고드는 감촉을 느끼게 하여 상대가 승리에 취해 있을 때, 부지불식간에 목숨을 끊어버리는 것이다.

만약 이자가 환영마객과 같은 능력을 지녔다면 함께 죽는 것도 쉬운 일이 아니었다.

'우선 적이 환영을 쓰는지 아닌지를 살펴봐야겠구나.'

도유강은 복영쾌신을 발휘해 적의 주변을 빠르게 돌기 시작했다.

그 시각, 장주는 이한과 황언교의 보고를 받고 너털웃음을 짓고 있었다.

"취취초에 당하지 않는 몸이라니. 놀랍군."

음성에 여유가 가득 묻어 있었다.

"호호호, 야명주를 들고 다니는 자가 아니던가요? 쉽게 죽는다면 싱거운 일이겠지요."

부인 이씨도 결과를 함께하기 위해 합류한 상태였다.

총관이 말을 받았다.

"산동 지방의 어떤 노인은 삼십 년이 넘게 흙을 먹고 살았다고 합니다. 그 노인에게 흙은 밥이고, 밥은 흙 같아서 도저히 일반 식사는 할 수가 없었다는군요. 세상엔 그처럼 해괴한 인간들이 많은가 봅니다."

"호호호, 정말 기괴하군요. 하지만 살과 뼈가 갈라지고도 살아남을 수 있는 자는 없겠지요?"

"물론입니다, 부인."

"지금쯤 끝났으려나요?"

"고양이가 쥐를 부리듯 슬슬 갖고 노는 건 아닌지 모르겠습니다."

불쑥 장주가 못마땅하다는 듯 쩝쩝거렸다.

"구문이 점점 경지가 높아지고 있어서 그럴 수도 있겠군. 내가 원하는 것이 아니거늘… 쯧쯧."

도유강은 환영을 찾지 못했다.

적의 주변을 오십여 회 넘게 돌고 또 돌았다.

결과적으로 이자는 환영마객과는 다른 부류였다.

근접했을 때, 미동조차 하지 않은 것은 수준이 다르다는 점을 스스로 자부하고 있는 것이리라.

그건 곧 충분히 후발제인(後發制人:기다려 나중에 발출하여 상대를 제압한다)으로도 얼마든지 상대할 수 있다는 자신감이었다.

혼자 죽진 않아. 어느 정도인지 해보자.

도유강이 이를 악물었다.

'가자, 도유강!'

우측으로 돌던 신형을 멈추고, 순간적으로 방향을 좌측으로 전환하며 도유강이 왼손에 쥐고 있는 혼강을 발출했다. 오른손의 혼강은 그대로 쥔 채로 상대의 옆구리에 꽂았다.

쑤욱!

살을 파고드는 감촉이 그대로 손아귀에 전해져 왔다.

"죽어~!"

총관이 말했다.

"솔직히 저 또한 구문의 경지가 어느 정도인지 가늠이 되지 않습니다. 충분히 자만할 만하다는 것 정도랄까요."

"총관은 직접 본 적이 있나요?"

부인 이씨가 물었다.

"네, 부인. 열흘 전쯤이었습니다. 일전에 사건 해결을 한 뒤에 잔금을 지불하려고 들르게 된 것이지요. 마침 구문은 단도를 다루고 있었습니다. 나무 한가운데에 표식을 남기고 삼

장 밖에서 연달아 던지는데 모두 정확히 정중앙에 꽂아 넣었습니다. 대단하다고 말하자, 조만간 눈을 가리고 표적을 맞힐 수 있도록 하겠다는 말을 하더군요."

부인 이씨의 눈이 동그래졌다.

"말도 안 돼! 눈을 가리고라니. 그때는 꼭 구경을 해보고 싶군요."

"놀랍군, 놀라워. 사람의 경지가 아니야."

장주도 감탄사를 발했다.

"사실 그건 약과입니다."

듣고 있던 구문의 의제 중 이한이 말했다.

모두의 시선이 집중되자, 이한이 말을 이었다.

"최근 대형께서는 기왓장 세 장을 잘 쓰지 않는 왼손으로 격파하는 데 성공하셨습니다. 이미 오른손으로는 열 장을 격파하셨죠. 요즘 하고 계신 수련은 손가락 끝으로 송판을 뚫는 연습과 몸을 솟구쳐 연달아 다섯 번 발길질을 한 뒤 착지하는 것인데 거의 이루어가고 계십니다."

"정녕 무범촌이 낳은 최고의 고수라고 하기에 손색이 없군. 경이로운 일이야."

장주가 뿌듯하게 말했다.

부인 이씨는 너무 놀랐는지 '연달아 다섯 번이라니!' 라는 말을 끝으로 벌어진 입을 다물지 못하고 있었다.

반면 총관의 얼굴은 어두워졌다.

괜히 취취초로 구문의 심기를 건드렸다는 후회가 떠오른 탓이었다.

무범촌 최고수 구문은 정신이 나가 버리기 일보 직전이었다.

처음부터 애송이의 움직임은 이상했다.

방에 들어가는 순간 앉아 있던 몸이 어느새 뒤에 서 있었다. 눈을 한 번 깜박인 것이 고작이었는데 말이다.

사람은 가부좌로 다리를 꼰 자세에서 번개같이 뒤쪽에 서 있을 수는 없는 것이다. 애송이가 누구냐, 고 물었지만 너무 놀라 대답을 할 수가 없었다.

인간은 그래선 안 되는 것이었다.

상식이다!

그때 애송이가 다시 물어왔다.

구문은 놀라움을 걷어냈다. 애송이의 목소리가 떨리고 있었다. 두려워하고 있는 것이다. 그깟 움직임에 놀란 자신이 한심했다. 그래서 늘 외우고 다니는 멋진 말을 늘어놓았다.

"곧 죽을 놈이 호기심이 많군. 후후, 염라대왕이 보냈다고 해두지."

애송이가 웃음에 울음이 섞인 소리를 내지르며 훅, 하고 다가왔다.

찰나지간에 애송이의 두 눈이 바로 앞으로 닥친 것이다.

그러나 그것도 잠시, 애송이의 몸은 원래 자리로 되돌아갔다. 애송이의 이마에 땀이 흐르고 있었다.

구문은 그 순간 완전히 얼어붙어 버렸다. 귀신인지 아닌지 헷갈리기 시작했다. 움직이는 건 귀신인데, 땀을 흘리는 귀신은 없지 않는가. 두려움은 역전됐다.

애송이는 이어 주변을 맴돌기 시작했다.

과연 그것을 맴돈다고 표현해도 좋은지 구문은 자신이 없었다. 애송이의 모습이 보이지 않았다. 희끗희끗한 것이 휙휙하고 눈앞을 지나가 사라졌다가 나타나길 반복했다.

거의 오십여 번인가를 희끗희끗한 것을 봤다 싶을 때였다.

"죽어!"

애송이 귀신이 크게 외치더니 옆구리가 따끔했다.

구문은 시선을 내려 옆구리를 바라봤다.

칼은 보이지 않고, 칼자루만 보였다. 너무 놀라면 비명도 지를 수 없나 보다. 이어 뭔가가 곡선을 그리며 등 뒤로 돌아가더니 등 한가운데가 불에 데인 듯 타올랐다.

"끄아악!"

그제야 구문은 고통에 찬 비명을 내질렀다.

비명에 맞춰 도유강은 쾌재를 불렀다.

"성공이다!"

성공할 것이라고 생각지 못했거늘 하늘이 도우셨다.

상대가 방심한 기회를 제대로 노린 것이다.

도유강은 어설프게 만족에 취하게 될 시 어떤 결과를 맞을

지도 잘 알고 있었다.

옆구리에 박힌 혼강을 뽑아 복부에 밀어 넣고, 등에 박힌 혼강은 허벅지에 박아 넣었다.

스윽!

척! 척! 척!

뽑힌 자리에서 피가 터져 나왔다. 그렇게 허물어지려던 구문의 몸은 새로 박힌 혼강으로 인해 그 자리에 고정되었다.

도유강은 연달아 혼강을 뽑아 빙글빙글 돌며 꽂아 넣고, 뽑기를 반복했다.

"무범촌을 위해!"

도유강이 한소리 크게 외쳤다.

구문은 삶의 끝자락에서 그 외침을 들었다.

무범촌을 위해서란다. 칼로 온몸을 난자한 이유가 무범촌을 위해서였다니.

다시 도유강이 목청을 높였다.

"용운장을 위해!"

척, 척, 척!

도유강이 외칠 때마다 구문은 피에 절여졌다.

이십여 차례 두 자루의 혼강이 구문을 난도질했다. 얼굴과 목을 제외하고 혼강이 쑤셔 박히지 않은 곳이 없었다.

이 정도면 천하의 누구라도 살아 있을 수 없다.

풍천도 혼강이 안 박혀서 그렇지, 혼강이 이런 식으로 박힌

다면 살아남을 수 없을 것이다.

도유강이 거칠게 숨을 헐떡이며 뒤로 물러났다.

하지만 얼굴엔 스스로의 힘으로 해내고야 말았다는 기쁨이 가득했다. 지주현공의 덕분이었다. 정확히는 지주현공의 경공술인 복영쾌신!

"이제 말할 수 있겠느냐? 누구냐?"

구문이 대답없이 자신의 몸을 천천히 훑었다.

"쿨럭, 쿨럭……."

입을 열 때마다 그 충격으로 몸 이곳저곳에서 피가 뿜어져 나왔다. 이미 심장에도 두 번씩이나 칼이 들어갔다가 나온 뒤였다.

털썩!

무릎이 꺾이며 구문의 다리가 허물어졌다.

"내가… 내가 죽다니. 송판 두 장도 뚫는 내가……."

그 말과 함께 구문이 앞으로 쿵, 하고 머리를 찧으며 쓰러졌다. 몸 아래에서 피가 천천히 번져 나왔다.

도유강이 한 걸음 물러서며 반문했다.

"송판 두 장? 무슨 소리냐!"

강호 무림인 중 누가 송판이나 뚫고 있단 말인가!

그것도 마교의 정예, 절정의 살수가 송판을 뚫는다? 개가 이빨을 드러내고 웃을 일이었다.

머리가 어질거렸다. 뭔가 잘못되었다.

"설마… 일반인이었단 말이냐?"

그럴 리가 없었다. 일반인이 자신의 목숨을 노릴 리 없었다. 그런 짓은 하는 게 아니다. 도유강은 달려가 구문의 맥을 짚어보았다. 몸이 식어가고 있었다. 무림의 고수라면 죽는 것도 더디다.

그러나… 확실했다.

"허허허, 일반이었다니……"

도유강은 멍하니 구문을 내려다봤다.

마교 척살조나 살수가 아닌 것은 다행이다.

그래도 이건 심해도 너무 심했다.

감히 일반인 주제에 자신 앞에 칼을 들고 서다니!

언제나 도유강의 곁에는 초절정의 무인들만이 존재했다.

아버지는 마도의 지존이며 전설이다.

심복은 두말하면 입이 아프다.

마교의 장로들! 각 대주! 무공에 미쳐 지내는 수많은 인간들이 득실댔다.

마교를 나와 강호를 활보할 때도 녹림왕이며, 무산칠귀, 관산선생, 귀문방주 등 모두 이름만으로도 쟁쟁한 고수들이었다. 심지어 왕가슴 왕유옥조차 한 수를 지니고 있었다.

그런데 일반인이 어이없게 칼을 들고 나타난 것이다.

"말도 안 돼."

어쩐지 기세를 읽을 수 없더라니.

도유강은 웃어야 할지 울어야 할지 알 수가 없었다.

그러다 문득 도유강이 몸을 일으켰다.

"젠장, 이럴 때가 아니로군."

이자가 야명주를 노렸다면 홀몸이 아니라 동료가 있을 터. 장주나 총관이 위험에 처해 있을 수 있었다.

도유강은 복영쾌신을 발휘해 신형을 날렸다.

아직 장원의 큰 마당 쪽에는 잔치가 한창이었다. 그들에게서 시선을 거두고 먼저 총관의 처소로 갔다. 그곳은 불이 꺼져 있었다. 안을 살펴 물건이 흐트러지지 않았다는 것에 일단 안심했다.

이어 도유강은 장주의 처소로 향했다.

불이 밝혀져 있는 것을 보고 크게 외쳤다.

"장주님!"

격정에 차 목소리가 거칠어졌다. 도유강은 마치 자신의 목소리가 아닌 것 같았다. 하지만 지금 그런 사소한 것을 따질 때가 아니었다.

안에서 기쁜 외침이 들려오며 문이 벌컥 열렸다.

"야명주를 가져온 애송이는 해치웠느……!"

삼 겹 턱의 장주가 말을 뚝 그쳤다.

도유강이 막 문 앞에서 장주와 눈이 마주쳤다.

"야명주를 가져온 애송이?"

그 한마디가 모든 정황을 일순간에 꿰뚫듯 설명해 주었다.

다른 설명이 필요없었다.

도유강이 장주의 멱살을 움켜쥐고 뺨을 갈겼다.

짜악!

장주의 고개가 시원하게 돌아갔다.

"망할, 이 돼지 같은 작자야! 무범촌이라며~!"

도유강이 절규하듯 외쳤다.

잔치는 끝났다. 장원은 숙연한 분위기로 변했다.

장주를 비롯한 용운장 전체 식솔, 시녀, 하인들, 그리고 흥겹게 잔치를 즐기던 무범촌 사람들 남녀노소 모두가 무릎을 꿇고 있었다.

도유강은 그들 앞에서 좌로 우로 연신 씩씩대며 왔다 갔다 했다.

"무범촌은 내 꿈을 보는 것 같았다! 이런 마을에서 산다면 얼마나 좋을까 생각했단 말이다!"

소리를 질러도 분이 사그라지지 않았다.

서로가 서로를 배려하며 흥겨운 나날을 보내는 것이 그리 보기 좋았건만 모두 거짓이었다.

어떻게 된 것이 가는 곳마다 사기를 당하고 있었다.

천하무적의 신공이라며 지주현자가 떠벌리더니, 범죄없는 마을에서는 보물에 눈이 어두워져 살인을 자행하려 했다.

"세상이 험하다 험하다 해도 일반인 주제에 칼을 들이대!

이게 지금 말이 된다고 생각하느냐! 입이 있으면 말을 해봐라. 도대체 무공을 익힌 놈들이나 무공을 모르는 자들이나 하는 짓이 똑같다니. 이 미친 작자들아, 너희 때문에 내가 태어나 처음으로 살인을 하고 말았단 말이다. 그것도 무공을 전혀 모르는 일반인을 난자하다니! 누가 귀띔이라도 했다면 그자를 죽이지 않을 수 있었거늘 어찌 그리 잔악할 수 있느냐! 너희가 정녕 내 인생을 망칠 작정을 한 것이냐!"

어느 누구도 숨조차 제대로 쉬지 못했다.

피가 튄 옷을 입고 고함을 질러대는데다 장주가 눈이 퍼렇게 부어오르고 무릎을 꿇고 있으니 모두들 이유도 모른 채 고요하게 있을 따름이었다.

"너희 놈들이 강호의 흉적들과 다른 것이 무엇이냐! 아니, 오히려 더 악하다고 해야겠군. 그동안 무범촌이란 이름 아래 얼마나 많은 사람을 죽여 없앤 것이냐! 누가 입이 있으면 말을 해봐라!"

장주를 바라봤지만 장주는 슬그머니 시선을 외면할 따름이었다.

그때였다.

"드릴 말씀이 있습니다."

백발이 성성하고 주름이 가득한 노인이 몸을 일으켰다.

"뭐냐?"

도유강이 사납게 물었다.

"오해가 있는 것 같습니다."

"오해?"

도유강이 비꼬았다.

"쓸데없는 소리를 지껄인다면 가만두지 않겠다. 이 사건은 오해를 하고 싶어도 할 수가 없다."

노인이 고개를 끄덕였다.

"공자, 맞습니다. 무범촌은 무범촌이 아니지요. 하지만 그건 어디까지나 용운장의 장주와 그를 따르는 자들에 국한된 것입니다. 정작 마을 사람들은 순박하기 이를 데 없지요. 장주는 지금껏 이 마을을 착취해 왔습니다."

도유강은 흥, 하고 콧방귀를 뀌었다.

"착취당한 자들이 잔치에서는 그리 흥겹게 술을 마셔댄 것이군."

노인이 고개를 저었다.

"장주는 일 년에 한 번씩 거하게 잔치를 벌입니다. 이는 자신을 과시하려는 것이지요. 잔치에 참여하지 않으면 보복을 당하니 어쩔 수 없이 잔치에 오는 것이지, 진정 마음으로 원해서 이 자리에 온 사람은 없답니다. 사실 잔치란 것도 앞으로 일 년 동안 저희 모두를 착취하겠다는 선전포고나 다름없지요. 하지만 힘이 없는 저희가 별수있겠습니까? 장주는 무범촌에서 왕이며 법입니다. 뜻을 따르지 않는 자는 소리없이 사라지고 맙니다. 그러니 누구도 대놓고 불평불만을 못하고 있었을 따름입니다. 하지만 오늘 이처럼 공자께서 장주를 벌한다고 하시니 용기를 내어 말씀드리는 것입니다."

할 말을 다했다는 듯 노인이 다시 무릎을 꿇었다.

도유강은 노인의 말을 들으면서 장주의 안색을 살피고 있었다. 살찐 돼지는 이야기가 진행될수록 안색이 창백하게 변해갔다. 그건 곧 노인의 말이 사실임을 적극 시인하는 것이나 다름없었다.

"그나마 다행이로군. 내 오늘 용운장에 그동안의 악행에 대한 벌을 내릴 것이다. 장주!"

장주가 머리를 조아렸다.

"말씀하십시오."

"우선 야명주를 가져오라."

당장 몸을 일으켜 처소로 달려가야 했다. 하지만 그 대신 장주는 어깨를 움츠렸다.

"무슨 뜻이지?"

"죄송합니다. 그 야명주는 제 아들놈이 정주로 들고 갔습니다."

"감별사를 불러오는 것이 아니고?"

"말만으로 감별사를 불러오기 어려울 것이라고 생각했습니다."

"흥, 기대가 가득했겠군. 언제 도착하느냐?"

"곧 도착할 겁니다."

"그러니까 곧이 언제냐 말이다."

"그러니까 그게……."

그때였다.

쑤우웅!

쿵!

공기를 가르며 커다란 물체가 장원 내로 떨어졌다. 정확히는 장주의 옆자리였다.

사람이었고, 이십 세 중반 정도 되는 대머리 청년이었다.

도유강이 놀란 눈으로 주위를 둘러보고, 장주도 깜짝 놀라 옆으로 물러났다. 하지만 이내 장주가 헉, 소리를 내더니 비명처럼 외쳤다.

"소추야! 이게 어찌 된 일이냐! 네가 왜 갑자기 나타난 것이냐! 머리카락은 모두 어디로 가고……!"

도유강이 내력을 끌어올려 주의를 경계하며 물었다.

"아들이라고? 곧 도착한다는 것이 이 뜻이었느냐?"

"아닙니다. 제 아들놈은 이틀 후에나 도착할 예정이었습니다."

장주와 장주 부인이 아들을 끌어안고 볼을 매만졌다. 야명주를 들고 장원을 떠날 때만 해도 풍성한 머리카락이었건만 돌아온 아들은 머리카락이 몇 올 남지 않았고, 모공에도 피가 말라붙어 있는 것이 강제로 잡아 뽑힌 것 같았다.

"누구냐? 모습을 드러내라!"

도유강은 바싹 긴장했다. 일반인이 아닌 진정한 적이 비로소 나타난 것이다.

"하하하하!"

한 웃음소리가 장내를 뒤흔들었다.

현관 담장 위로 한 사람이 모습을 드러냈다.

"주군, 정녕 감동입니다. 독보강호 중에도 이미 마을을 장악하고 계셨군요."

휘청!

도유강은 순간 온몸의 피가 모조리 빠져나간 것 같았다.

어찌 잊을 수 있을까!

당당한 체구!

먹을 칠한 듯한 흑의!

가느다란 눈의 촌놈!

어깨 너머의 검 자루!

풍천이었다.

第六章
참사

전전
  공공
마교교주

"풍천이 주군을 뵙습니다. 그동안 옥체 만강하셨는지요?"
풍천이 부복했다.

옥체 만강이라. 옥체야 무사했다. 비록 살해 위협을 받긴 했지만. 무엇보다 네놈이 나타나지 않았다면 조금 더 옥체 만강할 수 있었을 터인데. 도유강은 입을 열 기력이 없었다. 그동안 도주한 수고가 한순간에 물거품이 되고 만 것이 아닌가.

풍천이 말을 이었다.

"주군, 소인을 용서하십시오. 사실 소인은 주군을 염려하고 있었습니다. 홀로 마을을 장악한 위대한 행보 중이심도 모르고 감히 지존의 행보를 의심한 소인을 벌하여 주십시오."

도유강이 풍천을 내려다보다 앞쪽을 쭉 훑어보았다.

모두가 무릎을 조아리고 있다. 풍천이 오해를 하기에 충분했다.

"야명주를 따라온 것이냐?"

도유강이 물었다.

"주군께서 야명주 세 개를 취하신 것을 뒤늦게 깨달았습니다. 주군의 길을 놓친 어리석은 소인은 곧바로 동혈로 돌아가 만년지주의 내단과 야명주를 모조리 취했습니다. 야명주의 개수는 총 백팔십이 개였습니다. 주군, 주군은 부자십니다. 장차 천하를 제패함에 있어 요긴하게 쓰일 것입니다."

물음에 대한 답변이 살짝 어긋나 있었지만 야명주를 통해 온 것은 명백해 보였다. 그 증거로 야명주를 감별하러 간 정소추가 머리털이 뽑힌 채 눈앞에 있지 않은가.

짐작건대 허리를 부여잡고 내달리지 않고, 머리카락을 붙들고 경공을 펼친 것이리라.

"주군과 동등하게 데려갈 수 없는 일! 네 머리카락은 오늘을 위한 것이다!"

풍천이 정소추의 머리카락을 붙들고 소리치는 목소리가 들리는 것 같았다. 몸이 수평이 되어 정주에서 무범촌까지 날다시피 왔을 그 모습을 생각하자 도유강은 머리가 쭈뼛 설 지경이었다.

그리고,

하아, 도대체 얼마나 큰 부자가 되고 만 것일까? 상상조차 할 수 없었다.

"그래, 나는 부자로구나. 그런데 왜 이렇게 기분이 엉망진창인지 모르겠구나."

도유강은 풍천을 만나게 되면 두려움에 사시나무 떨듯 떨 것이라고 생각했었다. 하지만 정작 풍천을 대하고 보니 도리어 마음이 차분히 가라앉았다.

풍천이 발끈했다.

"주군, 어떤 자가 주군의 심기를 불편케 한 것인지요? 소인이 그자를 당장 도륙하겠습니다."

"풍천."

도유강이 나직이 불렀다.

"주군, 하명하십시오."

"아버지의 안배는 실패했다. 지주현자는 최강의 무공이라고 했지만 그 무공으로 널 제압할 수조차 없었다. 본 교는 힘으로 복종을 불러일으키는 곳. 이 상태로 본 교로 돌아가 봐야 무슨 의미가 있겠느냐!"

"주군, 소인을 벌하여주십시오. 제가 동혈에서 몸져누워 있어야 했거늘 그만 어리석어 벌떡 일어서고 말았습니다. 그러나 그보다 먼저 오해를 풀어드리지 못한 점 용서하십시오."

"오해?"

오늘 벌써 오해라는 소리를 두 번째 듣고 있었다.

"주군, 마도의 전설이신 아수라천마님의 명에 따라 그동안 말씀을 드리지 못하였으나 지주현공을 얻으신 만큼 이제는 말씀드릴 수 있습니다. 주군께서 얻으신 안배는 일곱 개의 안배 중 첫 번째 안배에 불과합니다. 정녕 앞으로 가셔야 할 길이 멀다 할 수 있습니다."

"뭐라고?"

도유강의 눈이 휘둥그레졌다.

"주군께서 그 모든 안배를 취하시는 날엔 소인을 지푸라기 한 올만으로도 제압하실 수 있을 것입니다."

이걸 정녕 기뻐해야 하는 것일까?

아버지는 생전에 무슨 일을 꾸미신 것일까?

일곱 개의 안배를 만들어놓고, 또 그 안배를 취할 수 있도록, 아니, 취하지 않을 수 없도록 상식 밖의 충복을 만들어놓았다.

그러나 무엇보다 순순히 기뻐하기엔 첫 번째 안배를 취하는 과정에서 너무도 많은 사람이 죽어나갔고, 그 파편으로 무범촌에 와서 자신 또한 최초로 살인까지 자행하고 말았다.

일곱 개의 안배를 취하는 중에 도대체 얼마나 많은 사람이 죽고, 자신 또한 그 살인에 어떻게 가담하게 될지 막막하기 그지없었다.

도유강이 고개를 가로저었다.

"내 생각은 이렇다. 본 교는 큰 힘을 가진 자가 군림해야 하는 곳이고, 그에 어울리는 사람은 내가 아니라 바로 풍천 너다. 만약 네가 나머지 여섯 개의 안배를 취한다면 본 교는 그 어떤 시대보다 더욱더 큰 힘을 얻게 될 것이 아니더냐! 이제 너는 네 길을 가라. 네가 그토록 원하는 지존의 길과 천하제패의 길을 가도록 해."

"주군."

풍천이 고개를 들었다.

도유강도 지지 않고 마주 봤다.

"주군, 듣지 못한 것으로 하겠습니다."

어쩐지 서러움이 가득 찬 음성이었다.

"내 뜻은 견고하다. 무엇으로도 바꿀 수 없다."

"저 또한 그러합니다."

도유강이 악을 썼다.

"돌아가라. 네 길을 가!"

풍천이 자리에서 일어났다.

"주군의 뜻이 그러하시다면……."

스릉!

풍천이 검을 뽑았다.

도유강이 자기도 모르게 뒷걸음질쳤다.

"무, 무슨 짓이냐?"

간과했다. 충성스러운 심복의 길이 아닌 천하제패를 꿈꾸는 지존이 되려고 마음먹는다면 최초로 없애야 할 자가 누구인지는 명확했다.

"네, 네놈이……!"

풍천이 크게 외쳤다.

"주군께서 저를 필요치 않으신다면!"

도유강은 물론이고 장원 내의 모두가 주목했다.

그들은 이 낯선 자들의 대화가 무슨 뜻인지 한마디도 제대로 알아듣지 못했지만 검을 빼든 순간 살인이 일어나고 말 것이란 것을 직감했다.

풍천이 말을 이었다.

"소인은 여기서 생을 마감하고 말겠습니다."

풍천이 검을 역으로 쥐고 자신의 목을 찔러갔다.

도유강이 뜻밖의 상황에 너무 놀라 소리쳤다.

"풍천, 안 돼!"

모두들 눈을 감는 자며, 고개를 돌리는 자, 단말마의 비명을 지르는 자들이 속출했다.

그러나 풍천은 소리보다 빨랐다.

슈욱!

텅!

서걱도 아니고, 푸욱, 도 아닌 괴상한 음향이 터져 나왔다.

만류하려 두 팔을 벌리고 다가가던 도유강이 우뚝 멈췄다.

"텅?"

풍천이 고개를 갸웃했다. 이게 아닌데, 라고 말하고 싶은 것처럼 보였다. 풍천이 이어 연거푸 목에 검을 쑤셔 박았다. 그러나 검은 살에 박히지 않고, 색다른 음향만 연신 내고 있었다.

텅, 텅, 텅!

도유강이 만류하려던 팔을 거두고, 손바닥으로 얼굴을 가렸다. 자결도 뜻대로 못하는 놈이었다. 알아서 죽지도 못하는 놈이라니. 풍천이 자결하는 것도 꺼림칙하지만 또 제 스스로 죽지도 못하는 놈이라고 생각하니 앞날에 대한 걱정에 반쯤 돌아버릴 지경이었다.

"으랏차!"

풍천이 도저히 안 되겠는지 기합성을 터뜨렸다. 동네 시정 잡배나 터뜨릴 만한 소리였다.

챙, 챙.

그 결과 검이 네 토막으로 부러져 바닥에 떨어졌다.

도유강도 멍하니 부러진 검을 바라봤다.

절로 한숨이 터졌다.

"휴우… 관두자. 관둬. 이 새끼야… 내가 졌다."

풍천이 부러진 검을 버리고 바로 부복했다.

"주군, 감사합니다. 하마터면 죽을 뻔했습니다."

그래, 잘도 그랬겠다.

"오늘은 너무 많은 일을 겪었다. 쉬고 싶구나."

"존명. 내일 아침 출발하는 것으로 알고 있겠습니다."

도유강은 바로 떠나고 싶은 마음도 들긴 했으나 진심으로 심적 피곤함이 몰려와 쉬고 싶었다. 또한 패악한 용운장을 어떤 식으로든 바로잡을 필요가 있었다. 그 방법에 대해 고민해보고 아침에 떠나도 될 터.

도유강이 장원에 모인 이들을 향해 말했다.

"마을 사람들은 모두 돌아가라. 장주와 식솔들의 문제는 어떤 식으로든 응당 벌을 내리도록 할 것을 약속한다."

밤은 점점 깊어갔지만 장주와 부인 이씨, 그리고 총관은 잠을 이루지 못했다.

하루아침에 대머리가 되고 만 아들 정소추를 침소에 눕혀놓은 뒤 그들은 한자리에 모였다.

"놈들은?"

장주가 은밀한 목소리로 속삭였다.

"다른 별실에 들었습니다. 제가 불이 꺼진 것을 확인했습니다. 그런데 그전에 안쪽이 상당히 소란스러웠습니다."

"무슨 일이라도?"

장주가 기대감을 품고 물었다.

"촌놈처럼 생긴 자의 목소리였는데 그자가 천하제패니 지존의 길이니 운운하면서 애송이를 향해 머리를 박으라고 하는 것 같았습니다. 그 뒤엔 야명주를 가지고 왔던 그 애송이의 목소리가 들렸는데 나는 천하제일인이다, 하는 소리가 계속해서 들리더군요."

"크크, 허세가 대단하군."

장주가 조소를 머금었다.

총관도 바로 동의했다.

"아무렴, 허세죠. 저들이 오늘 보인 모습은 아무리 봐도 과시하려는 모습이 크다고밖에는 볼 수 없습니다."

"호호, 두말하면 잔소리예요. 왜 굳이 칼을 부러뜨리는 모습을 모두 앞에서 보였겠어요? 그나저나 야명주가 무려 백팔십이 개라니. 누굴 바보로 아나. 웃기지도 않는 소리는."

부인 이씨도 한마디를 보탰다.

장주가 고개를 저었다.

"그건 허세가 맞지만 야명주 세 개는 확실하지. 놈들은 애초부터 본 장원을 노리던 놈들임이 틀림없다. 치밀하게 준비된 연극이었을 게야."

"장주님, 한 가지 걸리는 것이 있습니다."

총관이 어두운 안색으로 말했다.

"뭐가?"

"소가주께서 정주로 가셨는데 정상적으로 보자면 오늘 밤에 장원으로 돌아오실 수 없어야 합니다. 전 그게 마음에 걸립니다."

"쯧쯧……."

장주가 혀를 차고는 말을 이었다.

"어리석긴. 그럼 그자가 정주에서 날아오기라도 했단 말이냐! 날개라도 달려 있더냔 말이다. 애초에 소추는 정주에 간 적도 없었던 게야. 근처에 붙들려 있었다고밖에."

총관이 무릎을 쳤다.

"역시 그랬겠군요. 제가 생각이 짧았습니다."

"이대로 장원을 놈들에게 넘길 수는 없다. 비록 구문이 처참하게 당하긴 했지만 놈들이 칼을 부러뜨리며 허세를 부린 것은 스스로 약점이 있음을 노출시킨 것이나 다름없는 것이니까. 부인, 총관, 기억하고 있는지 모르겠군. 무범촌에 왔었던 약장수를."

"아!"

"그때 그 약장수… 호호호."

총관과 부인 이씨는 무슨 말을 하려는 것인지 바로 이해할 수 있었다.

부인 이씨가 말했다.

"칼을 몸에 박는데 칼이 연달아 부러졌었죠. 사람들은 놀라 여기저기 비명을 질러댔고요. 그때 한 아이가 부러진 칼을 들고 제 몸에 꽂지 않았다면 모두들 약장수에게 속아 넘어가고 말았을 거예요."

장주가 후후, 하고 웃었다.

"이들의 출신 성분을 이제야 이해하겠나? 한낱 약장수에게 장원을 넘길 수는 없는 일이지. 나가서 확인해 보고 곧바로 힘깨나 쓰는 주먹들을 불러모아야지. 아침까지 놈들을 장원에 편히 둘 수는 없는 노릇이니까."

세 사람은 밖으로 나왔다.

부러진 검 조각이 흩어져 있었다. 그들은 각기 그 조각을 집어들었다.

부인 이씨는 검 자루를 들고 이리저리 살폈다. 달빛에 비친 조금 남겨진 검날이 번쩍하고 빛났다.

"약장수 때와 흡사하군요. 깜박 속아 넘어갈 만큼 제대로 만들었어요. 우리 한번 시험해 볼까요? 그때 그 어린아이처럼?"

장주가 바로 맞장구를 쳤다.

"좋지, 좋아."

그러면서 통통한 배를 내밀었다.

"호호, 여보, 천하무적의 기세를 보여주세요."

부인 이씨가 장주의 가슴에 검을 꽂아 넣었다. 검 자루만 남겨두고 부러진 검날 부분이 모조리 가슴에 박혀 버렸다.

푸욱!

부인 이씨가 박수를 치며 팔짝팔짝 뛰었다.

"대단해요. 검 자루의 안쪽으로 날이 들어가도록 만들어진 모양이에요."

그러나 장주는 웃지 않았다.

부인 이씨가 눈을 깜빡거렸다.

장주가 표정없이 가슴을 내려다봤다.

가슴 부위의 옷자락에 피가 번져 가고 있었다.

그제야 부인 이씨가 부들부들 떨며 뒷걸음질쳤다.

"이, 이게 도대체 어떻게 된……."

장주가 검 자루를 쥐었다. 뽑으려는 듯 손아귀에 힘줄이 돋아났다. 하지만 얼마나 세게 박아 넣었는지 잘 뽑히질 않았다.

"네, 네년이 날……!"

장주가 비칠거리면서 결국 검을 뽑아냈다. 피가 분수처럼 솟구쳤다. 장주는 부인을 향해 검을 휘저었다.

부인 이씨가 소리를 지르면서 옆에 있던 총관을 밀어버렸다. 장주의 검이 총관의 복부에 꽂혔다.

"크으윽!"

총관이 배를 움켜쥐고 쓰러지고, 장주도 최후의 기운을 다 쓴 탓에 널브러졌다.

부인 이씨는 넋이 나가 버렸다.

"어… 어떻게 이런 일이… 여보… 초, 총관……."

그녀는 눈물을 흘리며 남편과 총관의 몸을 흔들었다.

그때 총관이 상체를 벌떡 일으켰다.

"죽어라. 이년아……!"

부인 이씨로서는 전혀 예상할 수 없는 행동이었다.

푸욱!

총관이 처음부터 들고 있던 검 조각을 부인 이씨의 목에 박아 넣었다.

"꺄악… 커억!"

부인 이씨가 목을 움켜쥐고 허물어졌다.

세 사람은 머리를 모은 채 세 방향에 쓰러져 있었고, 생의 마지막 숨결만을 헐떡였다.

서로의 눈과 눈이 마주쳤다.

장주가 자신을 살해한 부인을 바라봤다.

부인은 목을 뚫어버린 총관을 바라봤다.

총관은 장주를 노려봤다.

그들의 눈에는 원망과 후회, 서글픔, 억울함이 겹쳐진 채로 떠올랐다 사라지길 반복했다.

'약장수의 칼인데…….'

'야명주… 나의 야명주…….'

'그놈들은 대체 누구일까…….'

결국 그렇게 서로를 바라보던 세 사람의 호흡이 끊어졌다.

그럼에도 허망함과 원통함을 가눌 수 없었는지 모두 눈을 뜬 채였다.

밤하늘에 가늘게 빗방울이 떨어지며, 빗물이 피를 쓸어가기 시작했다.

*   *   *

용운장의 장주 내외와 총관이 살육전을 벌이던 시각.

구룡문주의 침소에서는 신음 소리가 연신 울려 퍼졌다.

침상이 삐걱대는 소리도 신음 소리와 함께했다. 그러다 절정에 이르렀는지 비명이 터져 나왔다.

"아아아악!"

찢어질 듯한 여인의 소리.

"제발~ 좀 돌아가라. 제발~ 왜 안 되는 것이냐!"

애첩이 비명을 지르고, 구룡문주 육단풍은 애첩의 돌아간 모가지를 붙들고 절규했다.

육단풍은 불청객이 야명주의 출처를 따라 떠난 저녁때만 해도 하늘을 나는 것처럼 기뻤다.

애첩의 돌아간 목 정도야 손쉽게 원래대로 돌릴 수 있다고 자부했기에 크게 문제라고 생각지도 않았었다.

그러나 그것은 착각이었고, 결과는 비참하기 이를 데 없었다. 목을 돌리려 힘을 쓰면 애첩은 죽는다고 울고불고했고, 육단풍은 복창이 터져 죽을 것만 같았다.

결국 육단풍은 손을 떼고 흐느끼기 시작했다.

"흑흑흑… 내 능력이 이처럼 부족했다니……."

그는 구룡문주가 된 이래 최근 어느 때보다 큰 좌절감을 느끼고 있었다.

강호에는 수많은 방파와 문파가 있지만 자신 또한 그중에서 당당히 일좌를 차지하고 있다고 자부해 왔다.

마교며, 마도 오문, 정도 오각, 그리고 구대문파나 북해빙궁을 필두로 한 삼궁과 귀문방, 흑룡방 등의 십이방파, 녹림십팔채, 장강수로채 등은 자신이 어찌할 수 없는 세력이었지만 그 외 문파들만을 따졌을 땐 꿇릴 것 없다고 생각해 왔거늘 아무래도 강호 세력 서열을 다시 점검해 봐야 할 것 같으니 눈물이 절로 흘러나왔다.

"흑흑흑… 가가, 이제 전 어쩌면 좋죠?"

애첩도 서럽게 흐느꼈다.

육단풍은 애첩을 끌어안고 등을 쓰다듬어 주며 서러움을 다독였다. 그렇게 두 사람의 눈물로 침상보가 촉촉이 젖어들어 갈 즈음이었다.

"어쩌긴, 평생 그렇게 살아야지. 깔깔깔."

"웁!"

느닷없이 들려온 목소리에 육단풍이 애첩을 껴안고 몸을 움츠렸다.

잠결에 허벅지가 꿰뚫리는 경험이 없었다면 먼저 장력부터 날리고 봤을 것이다. 자라 보고 놀란 가슴 솥뚜껑 보고 놀란다고 최근의 경험은 그에게 어깨를 움츠리는 새로운 반사신경을 선물했다.

"누, 누구신지……?"

육단풍이 불청객을 돌아봤다.

그의 눈이 커졌다.

'어린아이?'

어린아이의 목소리를 흉내 낸 것이라고 생각했다. 하지만 실제로 눈앞에는 어린아이가 서 있었다.

야명주를 통해 주군인가를 찾으라던 괴인이 아무리 문도의 삼분지 일의 모가지를 돌려 버렸다고 해도 어린아이가 쉽게 드나들 수 있을 만큼 허술하진 않았다.

이건 상식에 어긋난 일이었다.

그렇기 때문에 육단풍은 자신도 상식 밖으로 행동해야 한다고 생각했다.

무슨 일인지는 모르나 무림에 요상한 기운이 감돌고 있는 것이 틀림없었다.

육단풍은 자신이 해야 할 일을 바로 실천에 옮겼다.

침상에서 번개같이 신형을 날려 한쪽 무릎은 꿇고, 한쪽 무릎은 세웠다.

"분부하십시오."

전광동자가 '응?' 하고 물끄러미 바라봤다. 침상에서 내려와 부복을 하기까지 얼마나 동작이 빠른지 일 년 동안 연습을 한 것처럼 자연스러웠다.

이때 육단풍은 속으로 열심히 한 가지를 다짐하고 있었다.

'질문은 안 된다, 질문은 안 된다. 무슨 일이 있어도 질문을 던져선 안 돼!'

전광동자가 실소를 터뜨렸다.

"크큭, 엄청 처맞았나 보구나. 어쨌든 대처가 빨라서 마음에 든다. 괜히 힘쓰지 않아도 되겠군."

"네, 전혀 힘쓰실 필요 없습니다."

"허허, 거참."

풍천이 무슨 짓을 했는지 눈에 선하게 보였다. 자신이 구룡문을 찾아오게 된 것도 구룡문도들 대반이 모가지가 돌아간 것을 본 뒤였으니까. 멀리 갈 필요도 없이 문주의 여자도 목이 돌아가 있지 않는가.

비록 중소문파이긴 하나 한 문파의 수장인만큼 일격을 가할 것이라고 생각해 대비하고 있던 전광동자는 맥이 빠졌다. 누구냐고 묻지도 않고, 왜 왔느냐는 귀찮은 물음도 없다.

"그자는 어디로 갔지?"

전광동자의 질문은 두루뭉술했다.

하지만 대답은 명쾌했다.

"무범촌 용운장입니다. 이곳 정주에서 백 리 거리에 떨어져 있는 마을입니다."

"그자는 무엇을 찾고 있었느냐?"

"야명주를 보여주면서 비슷한 야명주가 출현하면 바로 알리라고 했습니다."

"야명주라……."

전광동자가 턱을 쓰다듬었다.

왜 느닷없이 야명주가 튀어나오는지 이해할 수가 없었다.

소교주와 풍천을 놓친 후 얼마나 가슴을 졸였는지 모른다. 이 대로 놓친다면 교로부터 어떤 처벌을 받게 될지 전전긍긍하며 두려움에 떤 시간들이었다. 그러나 풍천은 친절히 행적을 남겨두었고, 이곳까지 오게 되었다.

그런데 야명주라니……

"야명주가 왜 중요했지?"

"네, 그러니까 야명주를 통해 주군을 찾고 있다고 했습니다. 주군을 하루 속히 보필해야 한다면서 사흘의 말미를 주겠다고 했습니다."

"주군을 찾아? 이 망할 놈 같으니, 뭔 개소리냐!"

쿵!

전광동자가 발을 굴리자, 바닥에 깔아놓은 청석판에 깊은 발자국이 남았다.

풍천이 소교주를 놓치는 일 따위는 있을 수 없었다. 그는 그림자였고, 소임을 소홀히 하는 자가 아니었다. 오태산에서 비록 주군이라며 외치긴 했지만 주군이란 말은 풍천이 입에 달고 사는 말에 불과했다.

"진심입니다. 믿어주십시오."

육단풍은 파인 바닥을 보다 전광동자를 올려다보며 당장 눈물이라도 쏟을 태세였다.

"흠… 그렇지. 네놈이 거짓을 고할 이유는 없지."

그동안 소교주가 무공이라도 익혔단 말인가? 아니면 원래부터 강한 무공을 숨기고 있었던 것일까? 정녕 이해할 수 없었다.

"그자 혼자였느냐?"

"네, 혼자였습니다."

"그럴 리가 없는데……."

"기필코 진실입니다. 그자는 혼자였습니다."

"그래, 알겠다. 직접 가서 보면 어떻게 된 사정인지 알 수 있겠지."

그 말과 함께 전광동자의 모습이 흐려지기 시작했다.

육단풍이 다급히 외쳤다.

"모가지를 부탁드려도 되겠습니까?"

그러나 전광동자의 모습은 이미 온데간데없이 사라진 뒤였다. 육단풍이 망연자실하게 주변을 훑어볼 때 한 음성이 실낱같이 들려왔다.

"깔갈깔, 내가 왜?"

육단풍이 아랫입술을 깨물고 작게 욕을 내뱉었다.

"씨발, 어린놈의 새끼가……."

그래도 갔다. 아무 짓도 하지 않고 간 것만으로도 만족스러웠다.

"개 잡종 같은 놈들이 차례대로 무슨 짓거리들인지… 어? 초연아!"

육단풍은 애첩의 이름을 부르며 황급히 침상 위로 올라갔다. 애첩은 두 눈에 눈물이 고인 채로 완전히 얼음이 되어 있었다. 연이은 불청객의 출현에 또 무슨 일을 당할지 두려움에 떨다 굳어버린 것이다.

"초연아, 정신 차려라. 이제 정녕 다 끝났다, 다 끝났어. 애새끼도 이제 갔지 않느냐! 아, 정녕 못난 나를 용서하거라."

육단풍이 애첩을 껴안고 쉴 새 없이 외쳤다.

그렇게 거의 두 시진(약 네 시간)가량을 어루만지며 동이 터 올 무렵이었다.

시간이 시간인만큼 애첩의 굳은 몸은 조금씩 풀려갔다.

"자, 무슨 말이라도 해보렴. 제발 부탁이다."

육단풍이 애원했다.

그때 영원히 말을 하지 않을 것 같던 애첩의 목소리가 육단풍의 귓가로 파고들었다.

"또… 왔어요."

"헉!"

육단풍이 경악성과 함께 뒤돌아봤다.

어느샌가 문 앞에 흑의를 입은 세 사람이 서 있었다.

그들은 애첩과 동류였다.

셋 모두 모가지가 돌아가 있었다.

第七章
야명주가 부른 자들, 야명주의 피해자들

전전궁궁
마교교주

"심하군."

새벽녘 무범촌을 찾은 전광동자는 어렵지 않게 용운장을 찾아냈다. 장원이 한눈에 내려다보이는 나무 위에 은신한 채로 전광동자는 혀를 찼다.

소교주는 마도의 전설이신 아수라천마님의 혈통이 틀림없었다. 소교주가 가는 곳마다 피비린내가 끊이지 않았다.

그렇지만 이번 경우는 도가 지나쳤다.

"이젠 무공을 모르는 일반인들까지 차별 대우 없이 죽여 없애는군."

물론 죽일 수도 있었다. 하지만 마도인들의 공통적인 생각은 과연 손을 쓸만한 가치가 있는 자들이기나 한 것이냐였기에 지나치는 경우가 많았다.

"소교주, 미안하지만 미친 짓도 이제 끝이구려."

그렇다. 소교주의 행보는 곧 끝이 난다. 왜냐하면 풍천이 곧 죽음을 맞게 될 것이기 때문이다.

전광동자는 천진난만한 미소를 머금었다.

오태산에서 행적을 놓친 그는 하북 남단에 이르렀을 때, 대산으로부터 새로운 전갈을 받았다.

교주님의 친서였다.

계획 변경. 관망이 추살로 바뀌었다.

만약 이 내용만이 전부였다면 전광동자는 쓰게 웃고 말았을 것이다. 마교 내 그 누구라도 풍천을 상대하는 건 쉬운 일이 아니다.

그러나 친서의 한 부분엔 신뢰하기에 충분한 세 글자가 적혀 있었다.

절대강자인 오마신(五魔神)!

뇌마신(腦魔神)!

검마신(劍魔神)!

도마신(刀魔神)!

흑마신(黑魔神)!

백마신(白魔神)!

이 전대 다섯 거마는 특별한 존재들이었다.

그들의 나이가 어느 정도인지 아는 자가 없었고, 그들의 무공의 깊이도 짐작하기 힘들었다.

명백한 건 그들은 단 한 번도 패배하지 않은 절대강자들이라는 점뿐이었다.

모두들 그들이 운명을 달리했다고 생각했었다.

이십여 년 전 마정대전이 한창일 당시 그들은 홀연히 사라졌기 때문이었다.

그러나 불패의 오마신은 불사조처럼 홀연히 모습을 드러냈다. 그리고 신임 교주 체제의 불안 요소인 소교주와 풍천을 제거하기 위해 교를 떠난 것이다.

이미 만리혈향을 몸에 남겨둔 상태이다.

그들의 경공이라면 길게 잡아도 혈향을 따라 엿새 안에는 조우할 수 있을 터. 오직 이 엿새 만이 소교주와 풍천이 누릴 수 있는 인생의 전부였다.

"쯧쯧, 그러게 놓아준다고 할 때 조용히 강호를 떠났으면 오죽 좋았겠느냐."

* * *

쏴아아!
비가 쏟아지고 있었다.
가랑비는 동이 터오르면서 장대비로 바뀌었다.

빗속을 뚫고 통곡성이 울려 퍼졌다.

"으어엉… 으어엉……!"

한참 나이에 대머리가 되고 만 정소추였다.

그는 비에 흠뻑 젖은 채로 아버지, 어머니의 몸을 흔들어대고 있었다.

지난밤 그는 일생일대에 다시 하기 힘든 경험을 했다.

정주에 도착해 야명주의 값어치를 알아보기 위해 대륙전장에 들른 직후 그는 모가지가 돌아간 자들에게 끌려갔다.

모가지가 돌아가고도 멀쩡히 움직일 수 있다는 것을 본 것도 믿어지지 않았으나 그것조차 그다음에 벌어진 일에 비하자면 아무것도 아니었다.

가느다란 눈에 체격이 건장한 촌놈 앞에 무릎을 꿇은 그는 몇 가지 질문에 대답을 했고, 그 이후 머리카락이 잡힌 채 순식간에 하늘을 날았다. 그건 정녕 날았다는 말 외에는 표현할 길이 없었다.

잡힌 머리카락이 뽑히면 다시 성한 머리카락이 붙들리는 일이 반복되었다. 워낙에 빨리 달리는 탓에 그의 몸은 수평 상태를 유지할 지경이었다.

언제 혼절한 것인지 모르나 정신을 차렸을 때, 그는 저택의 처소에 누워 있었다.

꿈이었으면 좋으련만 꿈은 아니었다. 온몸은 쑤시지 않는 곳이 없었고, 머리카락은 한 올도 잡히지 않는다.

목이 말라 사람을 불렀다. 아무도 들어오지 않아 힘겹게 물을 마신 뒤 아버지, 어머니를 찾았다.

그러다 그가 본 것은 마당에 널브러진 세 구의 시체였다.

애송이를 죽이고, 야명주를 취하려던 계획이 물거품이 된 것은 아무것도 아니었다.

"아버지, 어머니! 어찌 저 혼자 두고 떠나실 수 있습니까? 일어나세요. 장난이었다고 말해달란 말입니다."

대답은 없었다. 그저 빗줄기만 거세게 땅을 때릴 뿐이었다. 부모님과 총관은 무엇이 그리 원통한지 쏟아지는 빗줄기에서도 눈을 부릅뜨고 있었다.

정소추는 차례로 세 사람의 눈을 감겨주고, 다시 서럽게 울고 또 울었다.

그러다 몸을 일으켜 아버지의 두 팔을 잡고 끌었다.

이 빗줄기 속에 두 분을 방치할 수는 없었다.

"끙끙……."

아버지는 꿈쩍도 하지 않았다. 워낙 뚱뚱하기도 했지만 간밤에 심적으로나 육체적으로나 기진맥진해 버린 탓에 정소추는 아버지를 움직일 수조차 없었다.

아버지는 나중에 하기로 하고, 어머니의 팔을 붙잡았다.

이번에도 두 팔만 들었을 뿐 옮길 수 없었다. 뚱뚱한 아버지를 옮기려다 남은 힘까지 다 소진해 버리고 만 것이다.

"아무도 없느냐! 아무도 없느냔 말이다!"

정소추가 고함쳤다.

그 많던 하인들과 시녀들은 눈썹조차 보이지 않았다.

"누가 좀 도와줘! 제발, 도와달라고!"

그때 가벼운 발걸음 소리가 나며 한 목소리가 들려왔다.

"무슨 일이냐?"

정소추가 돌아봤다.

정소추의 눈에 독기가 시퍼런 불길이 되어 타올랐다. 야명주를 가져온 자가 태연히 걸어오고 있었다. 그는 야명주만이 아니라 재앙을 몰고 왔으며, 살인마였다.

그 곁에는 머리카락을 붙들어 자신을 끌고 온 괴물이 젊은 살인마 옆에서 우산까지 받쳐 들고 있었다.

"무슨 일이라니! 뻔뻔하게 내게 그 말을 묻는 것이오!"

정소추는 분노했지만 분노를 다 표출하진 못했다. 자신도 죽을지 모른다는 두려움과 죽어도 그만이라는 생각이 충돌하며 갈등을 일으키고 있었다. 차마 욕설도 막말도 뱉지 못했다.

"헉!"

도유강이 짧게 경악성을 토했다.

장주와 장주 부인, 그리고 총관이 쓰러져 있었다. 아니, 그들은 이미 죽어 있었다.

미끄러지듯 그 곁으로 다가가자, 풍천이 혹시나 빗방울이 튈까 그림자처럼 따랐다.

도유강이 풍천을 돌아봤다.

"풍천, 왜 이들을 죽였느냐? 이들은 무공을 모르는 자들이다. 이 세 사람이 네게 공격을 가하려 했다는 말 따위는 하지 않는 것이 좋을 것이다."

도유강은 아침이 되면 어떤 식으로든 세 사람을 벌하려 했다. 그렇다고 처참하게 죽일 생각은 전혀 없었거늘 풍천은 매우 간단히 처리해 버리고 만 것이다.

"주군, 소인의 죄라면 그저 바라보기만 한 것입니다."

"바라보기만 하는 것으로 사람이 죽는단 말이오! 말을 함부로 하지 마시오!"

분노를 터뜨린 것은 정소추였다.

풍천이 정소추를 표정없이 바라봤다. 안면 근육은 전혀 움직임이 없었으나 눈빛은 달랐다.

그 눈을 접한 정소추는 검은 눈동자가 작아지며 온몸을 사시나무 떨듯 떨기 시작했다.

일말의 내공조차 없는 정소추가 풍천이 쏘아낸 살기를 감당할 수는 없는 일이었다.

풍천이 시선을 거두고 머리를 조아렸다.

"주군, 소인은 그들이 나누는 이야기를 엿듣고 실은 모두 죽일 생각을 하고 있었습니다. 이들은 주군과 저를 죽일 음모를 꾸미고는 이 자리로 나오더니 제 부러진 검 조각을 각자 들고 가짜라고 말했습니다. 먼저 저 여자가 저기 돼지의 가슴을 겨누자, 돼지가 배를 내밀고는 찔러보라며 호언했습니다. 이후 여자가 돼지를 찌르자, 돼지는 죽기 직전 검을 뽑아 여인을 찌르려 했고, 놀란 여자가 여기 말라깽이를 밀어버리자, 돼지의 검은 말라깽이를 찌르고 말았습니다. 여자가 부들부들 떨면서 쓰러진 두 사람 곁으로 다가갔을 때, 말라깽이가 최후의 일격으로 여자의 목에 검 조각을 박아 넣은 것이 이 살인 현장의 전말입니다."

"그럴 리 없어. 어떻게 그런 일이……."

정소추가 두 손으로 머리를 감싸며 중얼거렸다.

도유강은 달랐다.

풍천의 말이 옳았다. 이야기 중에 차분히 시신의 상처를 살펴본 도유강은 검상을 보며 풍천의 소행이 아니란 것을 알 수 있었다.

"쯧쯧, 위선의 끝에서 결국은 서로가 서로를 죽이고 말았구나."

도유강은 인과응보라고 생각했다.

장주와 총관까지 죽은 마당이니 이쯤에서 떠난다고 해도 무범촌에 대한 걱정은 더 이상 할 필요가 없을 듯싶었다.

그때 풍천이 공손히 말했다.

"주군, 하인들은 새벽에 모두 도망갔습니다. 단지 아침 식사를 위해 두 시녀는 붙들어놓았습니다."

도유강이 고개를 저었다.

"식욕이 일지 않는구나. 더 이상 이곳에 머물고 싶지 않다. 곧바로 장강을 향한 길을 가도록 한다."

"존명!"

끝으로 도유강은 정소추를 향해 입을 열었다.

"너는 살아남은 것에 감사하고, 평생 이 마을을 위해 살도록 하라. 언젠가 다시 이곳을 찾을 때, 이 마을이 이름과 같아졌는지 확인하겠다."

정소추는 하염없이 눈물만 흘렸다. 빗줄기가 눈물을 가려주긴 했지만 울음소리는 막아주지 못했다.

도유강이 떠난 뒤에도 정소추는 울기만 했다.

자신의 몸은 가눌 수 있었으나 괴물의 눈빛을 대하고부터는 온몸의 기운이 쭉 빠져나가 할 수 있는 것은 눈물을 흘리는 것뿐이었다.

저벅, 저벅.

"누구? 헉!"

정소추의 눈이 두 배로 커졌다.

세 사람이었다. 그들은 모가지가 돌아가 있었다. 정주에서 그는 바로 저런 자들에게 붙들렸었다. 절망의 맨 밑에 섰다고 생각했거늘 절망엔 더 깊은 아래층이 존재한 셈이었다.

세 사람 중 가운데 선 자가 물었다.

"대머리, 그들은 어디에 있느냐?"

"네?"

"야명주라면 알겠느냐?"

"그들은 떠났습니다."

"어디로?"

"그러니까… 흐음."

순간 검은 그림자가 훅, 하고 공간을 가로질렀다.

퍼억!

"끄아악!"

정소추가 비명과 함께 몸이 활처럼 접히며 뒤쪽으로 날아가 나뒹굴었다.

정소추가 가까스로 몸을 가누었을 때, 세 사람은 방금 전과 마찬가지로 이 보 앞에 서 있었다.

"기억해 내야 할 것이다."

정소추가 피 섞인 침을 질질 흘리며 눈동자를 불안하게 흔들었다. 말 한마디에 생사가 달려 있었다. 기적처럼 그의 머리에 한 장소가 떠올랐다.

"자, 장강입니다. 장강을 향한 길이라고 했습니다. 틀림없습니다."

"장강이라… 대충 둘러댄 것은 아니겠지?"

"경황 중에 생각이 나지 않았을 뿐입니다. 확실합니다."

정소추는 비명처럼 외쳤다.

"형님, 거짓은 아닌 듯합니다."

방금 전 정소추를 발길질로 날려 버린 통천귀가 말했다.
무상귀가 고개를 끄덕였다.
"놈들의 운명도 순탄치는 않구나. 장강이라니."
"형님, 그분을 찾아뵐 생각이신지요?"
"내 힘으로 척살하고 싶었지만 놈이 장강으로 향한 것이라면 오랜만에 사부도 볼 겸, 사부님의 힘을 빌리는 것도 괜찮겠지. 사부님이라면 이 목도 되돌리실 수 있을 것이다."
통천귀와 백발귀의 안색이 살짝 들떴다.
대형의 스승의 무서움을 두 사람은 누구보다 잘 알고 있었다. 무산칠귀라는 악명은 그분에 비하자면 아무것도 아니었다.
"가자."
무상귀가 신형을 날리자, 통천귀가 뒤를 따랐다.
백발귀는 정소추의 머리 위로 손바닥을 올렸다.
정소추가 공포에 질려 온몸을 부들부들 떨었다. 바지도 이내 축축하게 젖어들어 갔다.
"살려주십시오. 제발 목숨만 살려주십시오."
백발귀가 입을 비틀며 슬며시 웃었다.
그때 한 음성이 들렸다. 통천귀였다.
"죽이지 마라. 강호인이 아니다."
"쩝. 명줄이 긴 놈이로군."
백발귀가 어깨를 으쓱하고 그 자리에서 빙글 돌더니 이내 정소추의 시야에서 사라져 버렸다.

* * *

장대비가 쏟아지고 있었다.

비를 피해 동굴 벽에 등을 기댄 부취객은 멍한 눈으로 빗줄기를 바라봤다.

안색은 피곤에 절어 있었고 의복이며, 머리며, 초췌함이 가득했다. 무릎을 세우고 두 팔로 끌어안은 그의 온몸에서 불안과 초조가 물씬 풍겨났다.

"이해할 수 없단 말이다. 내가 뭘 어쨌기에……."

부취객은 나직이 불평을 터뜨렸다.

나이도 어느덧 오십 가까이 되어간다. 이쯤 되면 이젠 누군가에게 쫓기는 일은 없다고 자부했었다.

쫓을 수는 있어도 도망 다니는 일은 일어날 수 없었다.

그런데 그는 지금 도망자의 신세가 되어 있었다.

"심하잖아, 이 망할 놈들아!"

그의 목소리가 커졌다.

한 달의 일정을 잡고, 섬서 서안 공보장의 가보를 훔쳐 내는 데 성공할 때만 해도 모든 것이 순조로웠다.

문제가 생긴 것은 은신처로 돌아왔을 때였다.

늘 걸려 있던 이십여 개의 깃발의 배치가 달라져 있었다.

깃발은 언어였고, 경고였다. 그 뜻을 해독하는 데는 눈 한 번 깜박이는 정도면 충분했다. 부취객은 망설임없이 신형을 돌려 경고를 따랐다.

아버지, 도망쳐요. 천위칠군 중 둘이 찾고 있어요. 제 걱정은 하지 않으셔도 돼요.

딸은 명석했다. 깃발을 잘못 배치해 엉뚱한 경고를 하기엔 딸은 너무도 지혜로웠다.
만약 상대가 천위칠군이 아니었다면 딸은 도망쳐요, 따위의 암호 배치를 하지 않았을 것이다.
또한 자신도 도주하는 대신, 목줄기를 따라 은신처를 향해 속도를 높였을 것이다.
딸을 생각하자 부취객은 이내 눈시울이 붉어졌다.
"미안하구나, 화양아……."
시야가 흐릿해져 부취객은 소매를 들어 눈물을 닦았다. 그의 팔이 다시 무릎 위에 자리 잡았을 때였다.
부취객은 팅기듯 신형을 일으켜 동굴의 안쪽에 섰다.
눈물을 훔치는 그 짧은 찰나에 동굴 입구에 사람의 그림자가 나타난 것이다.
그건 분명 사람이었지만 또 그림자일 뿐이었다.
빗방울 사이로 그림자가 끊임없이 흔들려 실체를 전혀 알아볼 수 없었다. 당장에라도 연기처럼 사라질 것도 같고, 갑작스럽게 안쪽으로 스며들 것도 같았다.

"후후, 고작 이곳에 숨어 있었던 것이냐?"

그림자가 말했다. 비웃음이 가득했다.

비웃음에 대한 촌평을 하기도 전에 그림자가 훅, 하고 동굴 안쪽으로 밀고 들어왔다. 그와 동시에 장력의 거센 파도가 쏟아졌다.

파팡!

거센 장력의 그물을 부취객이 바닥을 구르며 힘겹게 벗어났다.

"네놈이 야명주를 가져갔으렷다!"

그림자는 연신 맹공을 퍼부으며 부취객을 몰아붙였다.

부취객이 양팔을 십자 형태로 취하며 장력을 막았으나 여력을 해소하지 못해 벽에 몸을 쿵, 하고 부딪치고 말았다.

그림자가 기회를 놓칠 수 없다는 듯 부취객을 향해 손을 뻗었다. 부취객이 오른손을 뒤로 돌려 벽을 짚는 형태를 취하더니 신형을 회전시키며 그림자의 머리 위를 건너뛰었다.

그 신법의 표홀함이 뜻밖이었는지 그림자도 잠시 멈칫했다.

"신투 선배, 그만 하시오."

부취객이 소리쳤다.

"선배라… 좋은 말이다."

끊임없이 흔들리던 그림자가 서서히 형상을 띠기 시작했다. 이윽고 모습이 갖춰지자, 왜소하고 쥐 수염을 달고 있는 한 노인이 그림자 대신 서 있었다.

"천위칠군에게 쫓기는 것도 억울해서 울화통이 터지는데 도대체 선배까지 날 못 잡아먹어 안달이면 어쩌잔 말이오. 이 업계에서 이 부취객이 유일하게 존경하는 사람이 선배요."

부취객이 역정을 냈다.

"흥, 울화통이 터진다니 말조심해라."

무영신투가 코웃음을 쳤다.

부취객도 지지 않았다.

"선배는 정녕 천위칠군의 앞잡이라도 된 게요? 나는 맹세컨대 천위칠군의 물건에 손댄 적이 없소. 과거는 물론이고, 최근에도 섬서 서안 공보장의 가보를 훔쳐 내는 데 바빴단 말이외다."

"응?"

앞잡이라는 말에도 화를 내지 않고 무영신투가 고개를 갸웃거렸다.

"네놈 짓이 아니라고? 그럼 누구지? 나도 아닌데?"

"난 딸아이가 도망치라고 해서 무턱대고 도망치고 보는 중이외다. 뭐가 어떻게 된 것인지도 모른단 말이오."

"이상하네. 부취객 네놈이 아니면 나 무영신투인데… 우리 둘 다 야명주를 건드리지 않았다면 도대체 어떤 신참이려

나……."

무영신투가 쥐 수염을 만지작거리면서 심각한 표정을 지었다.

"대체 무슨 일인지나 좀 들어봅시다. 야명주도 처음 듣는 소리요. 나보단 선배가 알고 있는 것이 많은 듯하니 말이외다. 아주 답답해 미쳐 버릴 것 같소."

말을 마친 부취객이 죽이든지 이야기를 하든지 마음대로 하라는 듯 자리에 털썩 앉아버렸다.

대놓고 배 째라는 식인지라 더 몰아붙일 수가 없게 된 무영신투가 쩝, 소리를 내며 그 옆에 앉았다.

"자, 마셔라."

건넨 호리병을 부취객이 받아 들고 한 모금 들이켰다.

"캬아, 좋은 술이군요."

"너, 솔직히 털어놔 봐라. 네놈 짓이지?"

부취객이 인상을 찡그렸다.

"거참, 술맛 떨어지게. 난 아니라고 도대체 몇 번을 말해야 믿어줄 거요. 도계에서 선배가 후배에게 죄를 뒤집어씌울 참인 게요?"

"이놈 정말 아닌가 보네."

"아니라니까요. 대체 느닷없이 야명주라니, 무슨 일이 벌어진 거요?"

"누가 천위칠군의 야명주를 훔친 모양이다."

그 말을 시작으로 무영신투는 도주하게 된 사연을 늘어놓았다.

주된 내용은 부취객과 다를 것이 없었다.

부취객이 딸의 경고로 도주했다면 무영신투는 말년에 얻은 제자의 경고였고, 도계 서열 일위답게 조금 더 자세한 상황의 경고를 들었다는 정도였다.

"도대체 말이 안 되는 말뿐이구려. 야명주라니. 내가 그동안 야명주도 꽤 털었지만 그건 신성무혼 그 인간이 죽기 전으로 거슬러 올라가야 할 정도란 말이외다."

이야기를 다 들은 직후 부취객이 툴툴거렸다.

무영신투도 고개를 끄덕거렸다.

"말이 안 되지, 말이 안 돼."

"나는 분명히 아니오. 보아하니 선배도 오해를 벗어나려고 날 잡아다 넘기려 한 걸 보니 분명히 아닐 테고. 그렇다면 선배?"

"왜?"

"우리가 왜 도망 다녀야 하는 거요?"

"글쎄… 왜 도망치고 있을까?"

그 말과 함께 부취객과 무영신투는 동시에 웃음을 터뜨렸다. 한참 배꼽을 움켜잡고 꺽꺽거리며 바닥을 구르기까지 했다.

그렇게 한참이나 웃던 두 사람은 웃음이 잦아들면서 점점 표정이 어두워졌다.

도망쳐야 하는 이유는 이미 알고 있다.

야명주는 어쩌면 핑계일지도 모른다. 천위칠군이 엉뚱하게 야명주를 갖다 붙이고 그동안 모아놓은 보화를 빼앗으려 한 것일지도 모른다. 이리저리 말을 섞다 보면 여러 물건에 대한 추가적인 범죄도 드러날 터.

돌연 부취객이 고함쳤다.

"뭘 잃어버리면 선배하고 나부터 의심하고 보는 이 더러운 세상!"

"도적질을 무시하는 이 더러운 세상!"

무영신투도 따라 외쳤다.

하지만 이번엔 둘 다 웃지 않았다. 웃음은 아까 전에 모두 소진해 버렸다.

두 사람은 말없이 동굴 밖에 쏟아지는 빗줄기를 바라보기만 했다.

문득 부취객이 중얼거렸다.

"선배… 나 말이오……."

"왜?"

무영신투도 잠이 덜 깬 듯 물었다.

"딸이 보고 싶소. 공보장 가보 때문에 한 달 넘게 못 봤는데 이번엔 천위칠군이니 언제 딸을 다시 보게 될지 모르겠구려. 설마하니 천위칠군이 딸을 해코지하진 않겠지요? 명색이 정파의 고인들이니 말이오."

"글쎄……."

"글쎄라뇨?"

뭔가 위안을 삼으려고 던진 말에 답변이 요상하게 나오자 부취객이 인상을 찡그렸다.

"나도 걱정하고 있거든. 제자 놈 말이다."

무영신투의 처연한 음성에 부취객이 도리어 위로하고 나섰다.

"걱정하지 마시오. 협객 어르신들이잖소."

"그래서 네놈이 아직 덜 여물었다는 거야. 정파고 마도고 목적을 이루기 위해서는 무슨 짓이든 하고 말거든. 마도 놈들은 직선적으로 일을 처리한다면, 정파 놈들은 곡선적이지. 아주 야금야금 사람을 갉아대기 때문에 솔직히 그놈들이 더 피곤한 법이지."

부취객의 안색이 어두워졌다.

"선배, 자수할까요?"

"자수라니, 말조심해라. 내가 범죄자냐?"

별호에 당당히 신투라는 수식어가 붙은 무영신투가 눈을 부라렸다.

"아니, 제 말은 직접 가서 따지자는 거죠."

"난 못해."

"왜요?"

"현 화산과 장문인이 매화검수일 때 내가 눈여겨보고 있었거든. 저놈 장문인 감이다고 말씀이야."

"그래서요?"

"그래서는 무슨. 장문인이 되면 쓰던 보검이 값어치가 올라갈 것이라 생각하고 보검을 훔쳤다."

"하아……."

부취객이 기가 막힌다는 듯 입을 벌렸다.

무영신투가 어깨를 으쓱했다.

"천위칠군 중 검학신군이 화산파 출신이 아니냐. 잡히는 날엔 일이 커지고 만다."

"정녕 선배는 존경할 수밖에 없군요."

"헛소리는 집어치워라. 그나저나 너도 아니고 나도 아니라면 대체 누굴까나?"

무영신투의 물음에 부취객은 대답할 말이 마땅히 떠오르지 않았다.

제삼의 인물임은 틀림없었다.

그리고 그자는 간이 배 밖으로 나온 놈이었다.

상대가 무려 천위칠군이 아닌가 말이다.

천위칠군의 보물을 훔쳐 냈다는 것은 대담성과 실력을 고루 갖추었다는 뜻이었다. 또한 종적을 감추어 그 죄과를 자신과 선배에게 떠넘길 만큼 완벽에 가까운 자였다.

부취객이 끙, 소리를 냈다.

"아무래도 제 서열이 세 번째로 밀려났다는 소리로 들리는 군요."

무영신투가 클클거렸다.

"그럼 난 이인자인 게냐? 씁쓸하구만······."

이내 두 사람의 얼굴에 어둠이 깃들었다.

제대로 당했다. 어떤 놈인지 몰라도 훌륭한 놈이었다.

"비는 언제까지 오려나······."

무영신투가 괜히 비 이야기를 꺼내며 호리병을 들어 목을 축였다.

* * *

"돼지볶음 요리하는데 도축장에 돼지라도 잡으러 간 것이냐!"

객점 이층의 중앙 좌석에서 호통이 터졌다.

상인 차림의 중년 사내였다. 눈이 부리부리한 것이 전체적으로 호랑이를 보는 듯했다.

맞은편에 앉은 젊은 상인이 뒤이어 소리를 질렀다.

"이 새끼들, 늦게 나온 만큼 고기 많이 안 주면 회쳐 버릴 테야!"

그는 코끝에 커다란 점이 있었고, 음성은 가느다랗고 뾰족했다.

젊은 상인 옆에 있던 노상인이 자리를 박차고 일어섰다.

"제가 가서 숙수(요리사)를 반 죽여놓겠습니다."

젊은 상인이 당장 쌍심지를 켰다.

"이 새끼, 은염교. 앉지 못해. 숙수를 병신 만들어서 어쩌 겠다는 거냐!"

은염교가 머리를 긁적이며 슬며시 자리에 앉았다.

공추상이 고개를 숙이고 소리 죽여 큭큭거렸다.

잠시 후 점소이가 요리를 내려놓기 시작했다.

손약란이 점소이의 멱살을 틀어쥐었다.

"고기 많이 넣었지?"

"네? 아, 물론입지요. 저기 손님, 이 손 좀."

"다른 식탁과 비교해 볼 거야. 모자라면 오늘로 이 객점 장사 다 한 거다. 알겠어?"

"혹시 부족하거든 말씀해 주십시오."

"예의 바른 놈이군. 마음에 들었다."

요리가 모두 자리를 잡자, 녹림왕을 위시해 녹림 수뇌들이 숨도 쉬지 않고 젓가락을 놀렸다.

오태산을 떠나 도유강의 흔적을 찾는 동안 제대로 음식다운 음식을 먹어보지 못했다.

종적을 찾지 못한 녹림 수뇌는 점점 막막함에 젖어들어 갔다. 풍천은 빠르기가 전광석화였고, 망설임이란 단어가 무엇인지 모르는 인간이었다. 헛짓을 용납하지 않는 풍천이기에 과연 그의 우산 아래에 숨어들어 간다는 계획이 옳은 것이었는지 회의가 일었다.

그쯤에서 녹림왕은 함께 움직이던 십령주와 각 대주들을 분리했다.

다 같이 움직이기엔 속도 면에서 효율적이 못했고, 노출도 면에서 위험이 따랐다. 그중 십령주에겐 부상 회복 중인 청뇌묘산을 보호하며 은신처를 찾으라는 명을 내려놓았다. 녹림왕은 수석십령주 은염교과 수석대주 공추상, 손약란만을 대동하고 다시 추적에 나섰다.

그러다 뜻밖에 정주 부근에서 모가지가 돌아간 무인들을 발견하게 되었고, 용운장에 이어 무범촌까지 가서 장강이라는 목적지를 알아낸 것이다.

그동안의 수고에 대한 보상으로 그들은 배를 채우는 데 전력을 기울였다.

어느 정도 배가 불러오자, 손약란이 입을 열었다.

"아버지, 근데 우리 잘하고 있는 것 맞지?"

"무슨 소리냐?"

녹림왕이 눈살을 찌푸렸다.

손약란이 어깨를 으쓱였다.

"아, 그게 말이지. 내가 계책을 냈지만서도 슬슬 자신이 없어져 가네. 생각해 봐. 구룡문이나 무범촌의 용운장을 들렀을 때 우리 앞에 거쳐 간 놈들만도 한 수레잖아. 유강이하고 풍천을 쫓는 인간들이 그렇게 많을 줄 누가 알았겠어?"

"흐음……."

녹림왕이 신음을 흘렸다.

귀담아듣고 싶지 않았지만 부인하기도 어려웠다.

구룡문주의 처소에 들이닥쳤을 때, 구룡문주는 채 입을 열어 질문을 던지기도 전에 술술 원하는 답을 들려주었다. 무범촌의 용운장에 갔을 때는 세 구의 시체 곁에 넋이 나간 청년이 '장강입니다. 확실합니다'라고 하염없이 중얼거리고 있었다.

문제는 구룡문주를 다그쳐 들은 대답이었다.

풍천이 떠난 뒤 한 어린아이가 다녀갔다고 했다. 어린아이지만 어린아이가 결코 아니라는 것이 구룡문주의 증언이었다. 그다음은 목이 돌아간 세 사람. 물으나 마나 무산삼귀일 테고. 그 이후 두 복면인이 들이닥쳤다고 했다. 마치 유령 같았다고 구룡문주는 회고했다.

녹림토벌대의 손아귀에서 구원받기 위해 유강 일당을 찾아 헤매고 있었지만 어째 머무는 곳마다 고요함과는 거리가 멀어 화를 자초하는 것이 아닌가 내심 염려하고 있었다.

불안이 전염된 것인지 손약란이 그 문제를 끄집어낸 것이다.

"아가씨 말씀에 동의합니다."

공추상이었다. 그는 슬쩍 녹림왕의 눈치를 살피고 말을 이었다.

"구룡문이야 그렇다 쳐도, 평범하기 이를 데 없는, 그것도 범죄없는 마을의 유지를 죽여 버리다니요. 그 인간들은 애초에 사람 목숨 따위는 안중에도 없는 자들입니다."

은염교도 고개를 크게 끄덕였다.

"나도 불쌍해 보이긴 하더라. 그 아들놈은 머리가 죄다 뽑히기까지 했잖아."

손약란이 남은 요리를 젓가락으로 깨작거리며 말했다.

"잔악한 놈들이지. 잘생기고 무공이 강하면 다야? 막 죽이고 다녀도 되는 거냐고?"

이제 세 사람의 시선은 녹림왕에게 향했다.

녹림왕이 고심하는지 미간에 주름이 세 줄이나 잡혔다.

몇 번 입을 달싹이던 녹림왕이 결국 입을 열었다.

"일단은 장강으로 간다. 이미 장강에 연락도 취해놓지 않았느냐. 풍천이 아니더라도 장강에 가면 은신처를 얻을 수 있을 것이다."

"까짓 그러자고. 구양 아저씨 안 본 지도 사 년이나 지났고, 반가운 얼굴들도 볼 수 있을 테니까. 설마 안 봤다고 모른 척하진 않겠지?"

손약란이 대수롭지 않게 말했다.

은염교와 공추상도 이견 대신 비장한 표정을 지어 보였다.

손약란이 피식 웃었다.

"훗. 죽을 각오라도 한 것이냐? 염려 마라. 정 상황이 어려워지면 내가 유강이하고 잘 테니까."

순간 녹림왕이 얼음이 되어버렸다. 은염교와 공추상도 완전히 일시 정지 상태에 빠졌다.

곱게 표현하자면 미인계를 쓰겠다는 말이었고, 거칠게 말하자면 몸을 팔아 목숨을 구걸하겠다는 뜻이었다.

손약란이 녹림왕 등의 눈 근처에 손을 왔다 갔다 했다.

휙휙.

"어이, 이보쇼들. 다들 왜 먹다 체한 표정들인 게요? 아버지, 설마 죽은 건 아니지?"

눈도 깜박이지 않고 굳어버린 세 사람을 보며 손약란이 인상을 찡그렸다.

"아, 젠장. 그래, 알았어. 미안해. 내가 말이 심했어. 너무 그렇게 미친 암탉 보듯 하지 말라고."

그제야 다들 얼음이 녹아 본래대로 돌아왔다.

손약란이 나직이 한숨을 토하며 중얼거렸다.

정작 한숨을 내쉬어야 할 세 사람이 멀뚱하니 손약란을 바라봤다.

"핑계 삼아서 유강이하고 한번 자보려고 했는데 글렀구먼. 쩝, 아쉽네."

녹림왕이 손바닥으로 이마를 짚었다.

第八章
장강을 향해

전전긍긍
마교교주

"크아아악!"

찰나!

그놈의 찰나가 문제였다.

풍천에게 찰나는 언제나 그렇듯 도유강에겐 긴 시간이었다. 불안의 조짐은 무범촌을 떠난 지 하루 만에 슬슬 모습을 드러내기 시작했다.

"주군, 경공 실력이 놀랍습니다. 소인은 실로 감탄스럽습니다." 로 시작된 풍천의 말은 곧바로 한 단계 진보했다.

"주군, 아무래도 소인이 또다시 주군을 곁에서 보필하지 못하는 불상사가 일어날까 두렵습니다."

직후 도유강은 찰나의 고통에 시달려야 했다.

"크아아악! 그만 해라. 다시는 널 두고 가지 않겠다!"

풍천은 혈과 기를 뭉쳐 천 리 밖에서도 추적이 가능한 문신을 새기고 있었고, 도유강이 할 수 있는 것은 고통에 찬 절규 외엔 아무것도 없었다.

이미 용운장에서 조우한 밤에도 풍천의 강압에 머리를 박으며 지존의 길에 대해 가르침을 받았던 도유강이었다.

도유강의 절규는 입에 거품이 일어 턱으로 흘러내릴 때가 되어서야 종말을 고했다.

"주군, 수고 많으셨습니다. 소인은 설마하니 '후영(厚影)'까지 사용하게 될 줄은 몰랐습니다. 주군의 성취는 실로 눈이 부실 만큼 빠르다 할 수 있습니다."

뒤집힌 눈을 바로 하고 거품을 뱉어내며 도유강은 오른 어깨 쪽으로 시선을 돌렸다.

깨끗한 피부에 작지만 선명한 횃불 형태의 문신이 새겨져 있었다.

도유강은 가슴이 무너져 내리는 것 같았다.

문신도 문신이지만 앞으로 영원히 풍천을 떼어놓을 수 없을 것이라는 절망감 때문이었다.

이제 유일한 희망은 아버지의 안배뿐이었다.

부디 일곱 안배를 다 취하기 전에, 아니, 이왕이면 두 번째 안배에서부터 풍천을 뛰어넘는 무위를 갖추길 바랄 수밖에 없었다.

"주군, 갈 길이 멉니다."

풍천이 말했다.

도유강이 속으로 중얼거렸다.

'그래, 나도 알고 있다. 갈 길이 너무도 멀어 보이는구나. 도저히 닿을 수 없을 것만큼……'

용운장을 떠나온 지도 일곱 날이 지났다.

호북 무한의 한 객점에 도유강과 풍천이 자리했다.

동호(東胡)가 한눈에 내려다보이는 삼층 창가였다. 도유강은 마교 내에서 생활해 온 탓에 바다를 구경한 적도, 동호처럼 큰 호수를 본 것도 처음이었다. 수많은 각각의 배들이 선착장이며, 호수 위에 떠 있는 모습이 여간 신기한 것이 아니었다.

"주군, 이곳부터는 배를 타고 가야 합니다."

"동호라고 하니 호수가 아니더냐?"

도유강이 볼 때 동호는 바다처럼 컸지만 그 이름처럼 호수에 불과했다. 호수를 따라가 봐야 막다른 호수 끝에 이르는 것이 전부가 될 터가 아닌가.

"주군의 말씀이 맞습니다. 하나 동호는 장강과 연결되어 있고, 장강의 줄기를 따라 호남의 동정호까지 뱃길이 열려 있습니다. 주군께서 두 번째 안배를 이루셔야 할 곳이 바로 동정호입니다."

"오호, 그런 것이었더냐."

"주군, 식사도 마쳤으니 배를 구해오겠습니다."

풍천이 몸을 일으키려 할 때, 도유강이 손짓으로 앉으라고 명했다. 풍천이 공손히 경청의 자세를 취했다.

"내 말을 귀담아들어라."

"하명하십시오."

"목적을 분명히 하는 것은 뜻을 이루는 가장 확실한 방법이다. 나의 이 길은 지존의 길이며, 그 길을 위한 준비라 할 수 있다."

"명철한 말씀이십니다."

"그런데 나는 자꾸만 이 여정이 마치 천하제패처럼 보이는구나."

"주군, 겸사겸사 천하제패를 하셔도 좋은 일입니다."

도유강은 순간 말문이 막혀 멍하니 풍천을 바라봤다.

겸사겸사라니? 풍천은 천하제패가 무슨 부업거리라도 되는 것처럼 말하고 있었다. 본업을 마치고 집에서 쉬엄쉬엄 바늘질거리를 하는 것도 가정 경제에 보탬이 되는 일이지 않습니까? 라는 투였다.

정신을 수습하고 도유강이 말했다.

"아니다. 지존의 길은 위대해야 하고 단호해야 한다. 그러나 오태산에서 첫 번째 안배를 얻을 때도 시간을 지나치게 많이 소모했다. 흑룡방 전체를 몰살시킨 일도 굳이 그럴 필요가 없는 일이었다는 것이 내 생각이다."

풍천은 가만히 듣기만 했다.

"요는 안배를 얻는 데 최대한 빠르고 효과적으로 취해야 한다는 점이다. 이제 장강에 진입하면 원하지 않더라도 강호 세력과 다툼이 벌어질 터. 그때마다 죽여 나간다면 일곱 번째 안배에 이르기도 전에 수많은 강호의 은원과 얽혀 안배를 취하는 일은 더뎌지고 말 것이다. 무슨 뜻인지 알겠느냐?"

"네, 주군! 저 또한 주군께서 신속하게 일곱 안배를 취하길 누구보다 열망하고 있습니다. 오태산에서 머뭇거린 것은 아수라천마님의 뜻을 따라 열아홉 생신을 맞아 안배를 취하라는 말씀을 따르기 위함이었을 뿐입니다. 두 번째 안배부터는 소란이 일지 않도록 각별히 주의를 기울이겠습니다."

"두 번째 안배의 정확한 장소는 어디냐?"

"동정호 서쪽 물 밑에 위치해 있습니다."

"절벽에 이어 물속이라……."

도유강이 중얼거린 후 말을 이었다.

"오태산에서의 교훈을 돌이켜 볼 때 녹림총채에 머무는 것은 소란의 원인이 되었다. 이번엔 결코 장강수로채에 머물지 않겠다."

"주군, 장강수로채에 머무는 것이 여러모로 안배에 도움이 될 것입니다. 재고해 주십시오."

"도움이 되다니?"

"안배는 수심이 깊은 동정호 바닥에 위치하고 있는지라 그 전에 주군께선 자맥질을 익히셔야 합니다. 정확히는 잠영법입니다. 소인은 동정용왕이 주군을 도울 수 있을 것이라고 생각하고 있었습니다."

도유강이 고개를 저었다.

아직까지 오태산에서 극독을 살포한 범인이 누구인지도 모른다. 도유강은 긴가민가하고 있긴 했으나 가장 유력한 자로 녹림왕을 염두에 두고 있었다. 말을 꺼내지 않은 것은 풍천이 즉시 녹림을 풀 한 포기 남기지 않고 씨를 말려 버릴 것을 염려해서였다. 만에 하나 잘못된 추측이었다면 무의미한 피를 흘리게 되고 마는 것이다.

그런 점에서 도유강은 장강수로채를 피하고 싶었다. 힘으로 장악하는 것에는 반발이 따르게 마련이었다. 그곳에 둥지를 트는 순간 어떤 식의 보이지 않는 암습을 받게 될지 모르는 일이고, 그 결과는 장강수로채의 전멸로 이어지게 될 것은 불을 보듯 뻔한 일이었다.

"누누이 말했다시피 소란을 원치 않는다. 또한 자맥질에 능한 자가 어찌 동정용왕 한 사람뿐이겠느냐? 동정호 부근 뱃사람 아무라도 배우는 데 부족함은 없을 것이다."

풍천은 잠시 고민하는 듯 턱을 어루만졌다. 도유강이 볼 땐 아무래도 주군의 체통, 지존의 위엄이 손상당하는 것이 아닌가 열심히 계산을 해보는 것처럼 보였다. 헛소리가 나오기 전에 쐐기를 박아야 했다.

"내 뜻을 따르지 않겠다는 것이냐?"

풍천이 그제야 머리를 조아렸다.

"주군, 무례를 용서하십시오. 모든 것이 주군의 뜻대로 이루어질 것입니다."

풍천이 배를 구하기 위해 객점을 빠져나갔다.

도유강은 남은 술을 입 안에 털어 넣었다. 마음이 한결 가뿐했다. 이 말을 꺼내기 위해 무한까지 오는 내내 얼마나 고심했는지 모른다. 주군의 처소로 동정용왕의 거처보다 더 어울리는 곳은 없습니다, 라며 지존의 길 운운하면 어쩌나 전전긍긍했거늘 의외로 일이 쉽게 풀렸다.

"후후후……."

절로 입가에 미소가 어렸다.

이왕 이렇게 된 것 최대한 빠르게 안배를 취하는 것이 최선이었다.

배를 타는 것은 유쾌한 경험이었다.

노를 젓지 않아도 돛이 바람을 가득 받아 물살을 가르는 것이 신기했고, 사공이 키로 방향을 잡는 것도 신비한 무공을 보는 기분이었다.

"놀랍구나. 배란 것은……."

도유강의 순수한 감탄에 풍천이 대답했다.

"주군의 마음에 드신다니 다행입니다."

"동룡선이라고?"

"모름지기 용은 천지의 주인을 뜻하므로 배도 배지만 이름이 마음에 들어 이 배를 택했습니다."

"배를 구하는 데 큰돈이 들었겠구나. 이 큰 배를 통째로 빌린 것이냐?"

배는 족히 이백여 명은 태우고도 남을 만큼 거대했다. 배가 워낙 커서인지 흔히 처음 배를 탈 땐 뱃멀미를 한다는데, 그런 점을 염려해서 흔들림조차 없이 갈 수 있도록 풍천이 통 크게 신경을 쓴 것 같기도 했다.

"주군, 싼 가격에 배를 빌릴 수 있었습니다. 양심적인 자들이었습니다."

"잘했다."

"감사합니다."

풍천이 값을 치렀다는 사실 하나만으로도 도유강은 만족스러웠다. 풍천도 사람이 되어가는 모양이었다. 돈이야 야명주를 모조리 빼왔으니 큰돈을 지불했다고 해도 표시조차 나지 않을 터.

"하하하, 정녕 호수가 아니라 마치 바다를 보는 것 같구나."

동호의 크기가 얼마나 크던지 수평선이 보일 정도였다. 주변의 배들 중엔 어선과 유람선, 작지만 빠르게 화물을 운송하는 배 등이 여러 척 지나갔다.

간혹 주위 배에서 손을 흔들 때면 도유강도 미소를 짓고 마주 손을 흔들어주기도 했다.

그러나 곧 다른 배들이 드문드문 보이고, 똑같은 풍경만이 반복되자 도유강은 흥이 식어갔다.

그때 표정을 살피던 풍천이 입을 열었다.

"주군, 왜 그러시는지요? 흥겨운 일을 찾으시는지요?"

"이곳에서 흥겨운 일이 있겠느냐?"

풍천의 입매가 늘어나고, 그렇지 않아도 작은 눈이 완전히 사라졌다. 다른 사람은 몰라볼지라도 도유강은 풍천이 웃음을 짓고 있다는 것을 알 수 있었다. 저 정도도의 표정 변화면 거의 박장대소 급이었다.

풍천이 자신있게 대답했다.

"배 위에서 이보다 흥겨운 일은 없으실 겁니다."

* * *

반짝반짝!

백룡부의 십이당 중 칠당에 소속된 송학이 눈살을 찌푸렸다. 나른한 오후에 꾸벅거리며 졸지도 못하게 어떤 놈인지 거울을 이용해 햇빛을 비추고 있었다.

"어떤 버르장머리없는 놈이… 어?"

송학이 눈을 부릅떴다.

빛이 말을 하고 있었다. 반년 가까이 무탈하게 지내온 탓에 연거푸 두 번이나 빛이 반복되었을 때가 되어서야 빛의 언어를 이해할 수 있었다.

세 번째 반복되었을 때 완벽히 내용을 파악한 송학이 툴툴거리며 기도 안 찬다는 표정을 지었다.

"간이 배 밖으로 나온 놈이로군."

빛의 언어는 단순하면서도 어이없었다.

동룡선에서 긴급 타진.

낯선 자들에 의해 동룡선 탈취당함. 빠른 조치 바람.

동룡선은 유람선이었고, 백룡부가 직접 관할하는 배이기도 했다. 사공들은 무공을 익히지 않고 있었으나 유람선 승선 시 백룡부의 고수들이 소란 방지 차원에서 탑승하는데, 그 빈틈을 이용해 배를 훔쳐 낸 것이었다.

"죽는 방법도 참 가지가지로군."

송학은 날듯이 당주의 처소로 향해 신형을 날렸다.

당주는 친히 추살하려 할 것이다.

입버릇처럼 하는 말 때문이었다.

"세상에 가장 흉악한 놈이 누구인지 아느냐?"

당주가 물으면 산하 수하들은 입을 모아 대답했다.

"도적의 물건을 훔치는 도적놈입니다."

그러면 당주 등무극은 흐뭇하게 웃었다.

*　　　*　　　*

쾌속선이 물살을 갈랐다.

배의 좌우에서 튀어나온 총 열네 개의 노가 앞으로 뒤로 움직일 때마다 쾌속선은 배라고는 믿을 수 없을 만큼 빠르게 앞으로 나아갔다.

선두(船頭)에 선 백룡부 칠당주 등무극은 느긋하게 팔짱을 끼고 마주 불어오는 바람을 맞았다. 호수처럼 새파란 청의가 바람에 펄럭이는 모습이 마치 한 폭의 그림 같았다.

그의 뒤에는 백의인 다섯이 병풍처럼 서 있었는데, 그들의 허리엔 갈고리 형태의 무기가 걸려 있었다.

등무극이 나직이 입을 열었다.

"장강수로채의 영역에 이르기 전에 따라잡아야 한다. 속도를 높여라."

바람과 거친 물살 치는 소리에도 불구하고 그의 음성은 또렷이 배 주위를 감돌았다.

속도가 부쩍 올랐다.

잠시 후 등무극의 입가에 슬며시 미소가 어렸다.

백여 장 너머로 동룡선이 눈에 들어왔다.

"배 위로 올라가 심문하겠다. 먼저 손을 쓰지 않도록 주의하라."

"네!"

다섯 수하가 동시에 대답했다.

쾌속선은 눈부신 속도로 어느새 동룡선의 우측면에 이르러 속도를 조절해 나란한 상태가 되었다. 몇몇 사공들이 보이고, 동룡선을 탈취한 자들로 추정된 인물도 볼 수 있었다.

등무극이 눈에 이채를 발하더니 그만 웃음을 터뜨리고 말았다.

"낚시? 크크크크……."

감히 백룡부의 배를 탈취한 두 도적놈들이 낚싯대를 나란히 드리우고 있었다. 이십 세 전후의 청년이나 중년의 사내나 쾌속선이 옆에 따라붙었음에도 일말의 긴장감도 보이지 않았다. 눈치가 없는 것인지, 눈알이 없는 것인지 헷갈릴 지경이었다.

청년이 낚싯대를 들어 올렸다.

하지만 허탕이었다.

"하하하하!"

"웃지 마라."

"험험, 주군. 죄송합니다."

듣기 싫어도 귀가 밝으니 등무극은 두 사람의 대화를 또렷이 들을 수 있었다.

배는 훔치고, 그 위에서 낚시질에, 이젠 주군 놀이까지. 이 놈들이 아주 신바람이 나 있었다.

등무극은 더 이상 지켜볼 수 없었다. 그럴 만큼 그의 인내심은 크지 않았으므로.

쉭!

등무극의 신형이 솟구쳤다. 그 뒤를 그림자처럼 다섯 수하들이 따랐다.

등무극이 막 배 위로 내려서려 할 때였다.

"무슨 짓이냐!"

호통이 터지면서 낚싯대가 머리를 겨냥하고 수평으로 다가왔다. 기세가 심상치 않았다. 등무극은 당혹에 차 황급히 머리를 숙였다.

휘청하며 낚싯대가 방향을 전환했고, 오른쪽 어깨를 때렸다. 닿았다 생각하는 순간, 등무극은 배 위로 신형을 솟구칠 때보다 더 빠른 속도로 물속에 처박혔다.

첨벙!

꼬르르륵.

팔다리를 저어 수면 위로 올라온 등무극이 손으로 얼굴의 물기를 걷어냈다.

수하 다섯도 당했는지, 하나둘 물속에서 머리를 내밀고 있었다.

그때 동룡선 위에서 엄한 목소리가 흘러나왔다.

"주군께서 낚시 중이시다. 감히 주군의 흥을 깨려 하다니. 네놈들이 죽고 싶어 환장을 한 모양이로구나."

등무극이 두 손으로 수면을 쳤다. 그는 일거에 그 반동을 이용해 쾌속선 위로 올라왔다. 차례로 수하들이 물에 빠진 생쥐 꼴로 올라왔다.

"가만두지 않겠다!"

다시금 등무극이 신형을 날렸다. 이번엔 방심하지 않았다.

그러나,

첨벙!

등무극이 어깨를 주무르며 수면 위로 머리를 내밀었다. 시간이 거꾸로 돌아간 것처럼 수하들도 아까와 똑같은 모습을 보이고 있었다.

쾌속선 위로 올라온 등무극이 입술을 깨물다 폭발하듯 외쳤다.

"오냐, 네놈들이 믿는 구석이 있었구나. 하지만 백룡부의 배를 탈취한 네놈들은 오늘 내 손으로 반드시 죽여주마!"

상대를 얕잡아 본 결과는 치욕으로 돌아왔다. 또한 적은 위쪽에 자리 잡고 있어 위치적으로 이점을 취하고 있었다.

"각기 흩어져서 동룡선에 오른다."

등무극이 짧게 말했다.

그 즉시 쾌속선이 속도를 높여 동룡선의 앞쪽으로 돌아갔다. 다섯 수하 중 하나가 먼저 동룡선으로 솟구쳐 오르고, 쾌속선이 좌측면으로 돌 때 또 한 명이 신형을 날렸다. 후미에 이를 때 다시 한 명이 솟구쳤고, 그렇게 한 바퀴를 돌았을 때, 등무극과 다섯 수하는 동룡선 위로 모두 올라설 수 있었다.

각기 다른 방향인 탓에 방비가 쉽지 않았을 테고, 적이 당황하는 사이 결국 모두 배 위에 올라타는 데 성공한 것이다.

등무극은 수하들과 합류해 검을 빼들고 눈에 불을 켜고 적을 찾았다. 그러나 어찌 된 게 사공들만 눈에 걸릴 뿐, 어디에도 두 놈의 모습을 찾을 수가 없었다.

그때였다.

"주군, 이 배는 마음에 드시는지요?"

"그전에 묻고 싶은 것이 있다. 배를 탈취했다는 저자의 말은 무슨 뜻이냐? 정녕 탈취한 것이냐?"

"주군, 소인은 분명히 값을 치렀습니다."

"그런데 왜 탈취했다고 하는 것이냐!"

"원래 도적놈들은 행패를 부리기 위해서 무슨 말이든 하는

장강을 향해

자들입니다. 주군, 그 일보다 우선 놈들을 무력화시켜야겠습니다."

목소리를 쫓아 등무극이 배의 우측 갑판으로 달려갔다.

너무 어이가 없어 웃을 수도 없었다. 자신과 수하들이 동룡선으로 올라설 때, 두 놈은 기가 막히게도 쾌속선으로 뛰어내린 것이다.

쾌속선 위에 서서 한 놈은 따지고, 한 놈은 해명을 늘어놓고 있었다.

등무극은 머리가 돌아버릴 것 같았다. 나이 사십이 되어 배를 옮겨 타며 숨바꼭질을 하게 될 줄은 몰랐다.

"이 망할 놈들! 가만두지 않겠다!"

등무극이 검을 높이 치켜들고 다시 쾌속선으로 신형을 날렸다.

"죽어라!"

그와 동시에 풍천이 솟구쳤다.

등무극의 검이 풍천의 머리로 떨어졌다.

슥.

풍천이 허공에 뜬 채로 이형환위를 취하자, 검이 허공을 갈랐고 그사이 등무극의 머리를 붙들었다.

뚜드득!

"크아악!"

등무극의 모가지가 뒤로 돌아갔다. 풍천은 등무극을 팽개

치고, 허공에서 연달아 떨어져 내린 다섯의 머리도 돌려 버렸다.

풍천이 하강하며 막 물에 빠졌다가 수면 위로 머리를 쳐든 등무극의 정수리를 밟고 쾌속선 위로 올라섰다.

꼬르르륵.

부지불식간에 목이 돌아간데다 숨을 쉬려고 머리를 내밀던 등무극은 다시 물에 잠기며 물 한 바가지 정도를 삼킨 후에야 가까스로 잠수 상태에서 벗어났다.

상황이 이렇게 되자 등무극으로서도 인정할 건 인정해야 했다. 적은 자신이 상대할 수 없는 자였다. 정면으로 맞서 싸워 승산이 없다면 이점을 최대한 이용하는 것만이 최후의 수단이랄 수 있었다.

"동룡선과 쾌속선 모두에 구멍을 뚫어라!"

그 말과 함께 등무극 자신도 숨을 크게 들이쉬고 잠수에 돌입했다. 쾌속선의 선하에서 노를 젓던 자들도 바로 행동을 취했다. 배면을 부수고 물속으로 뛰어들어 사라져 버렸다.

전세는 완전히 역전되고 말았다.

여유롭게 상황을 주시하던 도유강은 당혹스러움을 금치 못했다. 자맥질은 단 한 번도 해본 적이 없었다.

배에 물이 차는지 배가 기우뚱거리기 시작했다. 동룡선은 아직 건재해 보였지만 구멍을 뚫는다고 했으니 옮겨 탄다고 해도 무의미한 행동에 불과했다.

"풍천, 자맥질을 할 수 있느냐?"

풍천은 언제나처럼 표정에 변함이 없었다. 지금 배에 물이 차고 있다는 것을 알고 있는지 의심스러울 지경이었다.

"풍천!"

도유강이 고함을 내질렀다.

"하하하하!"

비웃듯 웃음소리가 터져 나왔다. 등무극이었다.

"당황하는 모습이 볼만하구나. 무공을 믿고 설치다 수장된 자가 한둘이더냐! 잘 가거라!"

모가지가 돌아갔어도 통쾌하게 복수를 했다고 생각해서인지 등무극은 진심으로 기뻐하고 있었다.

풍천이 머리를 조아렸다.

"주군, 배를 만들어야겠습니다."

"배를 만들어?"

도유강이 반문했다.

"네, 잠시만 기다려 주십시오."

일각 후.

도유강은 가라앉지 않았다. 자맥질을 할 필요도 없었다. 풍천은 말처럼 배를 만들었다. 속도도 제법이었다.

이름하여 '인어선(人魚船)'.

널따란 나무판에 걸린 스물다섯 개의 밧줄!

그 밧줄의 끝에는 등무극과 네 수하들, 그리고 노잡이들과 동룡선의 사공들이 있었다.

그들이 두 팔을 부지런히 놀릴 때마다 판자 배가 물살을 갈랐다. 판자는 쾌속선 바닥 나무를 뜯어낸 것으로 도유강과 풍천을 싣기에 충분할 정도의 크기였다.

"느려!"

풍천이 외치자, 팔을 놀리는 속도가 빨라졌다. 그들 중 목이 돌아간 등무극과 네 수하는 목이 돌아간 덕분에 숨을 쉬기는 훨씬 수월한 상태였다.

"주군, 한 놈을 놓치고 말았습니다. 죄송합니다."

"괜찮다. 임기응변치곤 훌륭했다."

"감사합니다."

도유강은 죽음의 고비를 넘기게 되자, 이 사태를 초래한 이유에 대해 생각했다.

이들은 백룡부라는 강호 세력이었고, 뒤쫓는 이유를 '탈취'라고 했다. 뒤쫓을 수 있었다는 건 동룡선의 사공이 모종의 방법으로 신호를 보냈을 터.

두 번째 안배를 취함에 있어서는 조용히 끝내고 싶었다. 그런데 강호는 역시 고요함을 쉽게 허락지 않았다. 풍천이 큰돈을 지불한 것을 보고, 이자들은 아예 돈을 모조리 털어내려 작정한 것이 분명했다.

"네가 백룡부주더냐?"

도유강이 등무극을 향해 입을 열었다.

등무극은 하늘을 보는 자세로 두 팔을 부지런히 놀리고 있었다.

"나는 백룡부의 칠당주 등무극이오."

상대가 상대이다 보니 등무극은 반 존대를 했다. 지금도 살아보겠다고 허리에 줄을 묶고 판자를 끌고 헤엄치고 있는 것이 아닌가.

솔직히 배에 구멍을 뚫고 호쾌하게 웃음을 터뜨릴 때만 해도 이렇게 비참한 처지에 놓이게 될 줄은 상상조차 못했다. 상대는 물 위를 평지처럼 달려왔고, 놀라 눈을 동그랗게 뜰 때 머리채를 붙잡혀 끌어올려졌다.

그다음은 배를 끄는 노예 신세.

한 가지 위안이라면 백룡부의 최고 잠수 기록을 가지고 있는 여균효가 붙들리지 않았다는 점이었다.

도유강이 말했다.

"등무극, 너는 어찌하여 정당히 돈을 셈하고 배를 빌렸거늘 탈취라는 말을 쓰며 핍박하였느냐?"

"에엑?"

등무극이 수하를 살피는지 눈동자를 좌로 우로 굴리며 말했다.

"송학, 어디 있느냐?"

"당주님, 말씀하십시오."

왼쪽 제일 가장자리 쪽에서 대답이 들려왔다.

"네놈이 배가 탈취되었다는 신호를 받은 것이 틀림없으렷다?"

"당주님, 세 번이나 신호를 점검한 뒤 보고드린 것입니다. 제가 확인해 보겠습니다. 내게 거울로 신호를 보낸 자가 누구냐? 네놈은 왜 돈을 받았음에도 동룡선이 탈취당했다는 급전을 보낸 것이냐?"

물이 코와 입에 튀는지 송학은 말 중간중간 물을 뱉어내며 말했다.

송학과는 정 반대편 오른쪽 가장자리에서 답변이 터졌다.

대화의 진행에 따라 도유강의 시선도 가운데에서 왼쪽으로, 이제 오른쪽으로 이동했다.

사공이 말했다.

"돈을 받았습니다."

그럼 그렇지. 도유강은 빙긋 미소를 지었다. 풍천을 향해서도 고개를 끄덕여 주었다. 풍천이 옅게 송구스러운 표정을 지었다.

등무극과 송학이 동시에 고함을 내질렀다.

"돈을 받았다니. 네놈이 감히 날 기만했단 말이냐!"

"이 미친 새끼, 네놈을 가만두지 않겠다!"

결과가 최악인 탓에 등무극과 송학은 사공을 죽일 듯 욕설을 퍼부었다.

사공이 울음 섞인 목소리로 말했다.

"돈을 받았습니다. 하지만 제가 탈취라고 신호를 보낸 것은 은자 한 냥을 받았을 뿐이기 때문입니다. 소면 한 그릇 값으로 어찌 동룡선을 전세 낼 수 있겠습니까?"

그 말이 떨어지기 무섭게 욕설이 가득한 고함 소리는 순식간에 사라졌다.

판자를 끄는 속도도 확 줄어들었다.

도유강이 이글거리는 눈으로 풍천을 바라봤다.

풍천이 등무극에게서 빼앗은 검을 뽑아 반대편 허공에 붕붕, 그어대며 딴청을 피웠다. 무범촌에서 부러뜨린 검 대신 이것도 꽤 쓸만하다는 듯한 모습이었다.

"풍천~"

도유강이 외치자 풍천이 검을 등 뒤로 세우고 머리를 조아렸다.

"주군, 지존께서 가시는 길은 위대한 길입니다. 이자들은 은자 한 냥을 지불한 것도 영광으로 여겨야 합니다."

"헛소리 작작해라."

"주군, 천하제패를 위해서는 많은 돈이 필요……."

"입 닥쳐라!"

풍천이 고개를 깊이 숙였다.

"누누이 말했다. 소란없이 최대한 빠르게 목적을 이루는 것이 최선이라고. 네놈은 분란이 없으면 살 수 없는 몸이었느냐!"

"용서하십시오."

"한 번만 더 뜻을 거스른다면 그땐 각오하는 것이 좋을 것이다."

"소인, 죽을죄를 지었습니다."

도유강은 진심으로 자결이라도 해야겠다고 생각했다. 오직 그것만이 풍천에게 좌절을 안겨주는 유일한 길이 될 터였다.

한편 등무극 등은 비참함을 금할 길이 없었다.

은자 한 냥이라니. 도대체 이 작자들의 뇌를 열어 뭐가 어떻게 어긋나 버렸는지 살펴보고 싶을 지경이었다.

자신도 백룡부의 당주로서 억지도 부려보고 말도 안 되는 강짜를 수도 없이 부려봤지만 규모와 뻔뻔함에서 도저히 상대조차 안 되는 자들이었다.

그런 생각은 배를 끄는 모두가 공히 느끼는 부분이라 판자배는 갈수록 속도가 줄어들었다.

"갈 길이 멀다. 게으름을 피우겠다는 것이냐!"

풍천이 으름장을 놓았다.

속도가 이내 올라갔다. 배를 끄는 모두의 서러움의 수치도 올라갔다.

장강을 향해 185

목적지는 동정호였다. 이제 겨우 장강에 진입했거늘 이틀을 헤엄친다고 해도 이대로는 무리였다. 어느덧 해가 저물어 석양이 대지와 강물을 붉게 물들이고 있었다.

第九章
장강수로채

전전긍긍
마교교주

인어(人魚)들이 헤엄질을 멈췄다.

해가 넘어가고 점차 어두워지려던 때였다.

풍천도 인어들을 다그치지 않았다.

도유강은 저만치 앞에서 다가오는 커다란 배를 바라봤다.

뿌우우우.

고동 소리가 길게 울렸다.

동룡선도 규모가 작지 않았지만 눈앞의 배에 비하자면 작게 여겨질 정도였다.

도유강은 배의 규모를 떠나 높다랗게 솟은 깃대 위에 펄럭이는 깃발을 보고 있었다.

 백색 바탕에 묵빛의 해골이 냉혹한 사신처럼 나부꼈다.

 "너희를 구하러 온 자들은 아닌 모양이로구나."

 풍천이 말했다.

 등무극을 비롯한 모두의 표정은 더욱 어두워져 좌절의 깊이를 더해가고 있었다.

 "저 표시는 장강수로채를 뜻하오. 이제 우리도 죽고 그대들도 죽은 목숨이오."

 등무극이 말했다.

 목소리가 어찌나 처연한지 이미 죽은 사람 같았다.

 도유강은 절로 한숨이 터져 나왔다.

 "어딜 가든 도적놈들은 끝이 없구나."

 등무극의 기대와 달리 죽지는 않는다 해도 죽음에 가까운 위협은 피할 수 없으리라.

 물속으로 잠수해 들어가 배에 구멍을 뚫는 솜씨를 백룡부의 고수들이 선을 보인 터다.

 쾌속선 한 척이 그러할진대, 눈앞의 거함에 몸담고 있을 장강수로채의 고수들이 물속에서 산발적으로 공격해 온다면 제아무리 풍천이라도 그 공격을 다 막아내긴 힘들 것이었다.

 "주군, 아무래도 피를 봐야 할 것 같습니다. 소인이 선제공격을 가하겠습니다."

스릉!

풍천이 검을 뽑았다.

"어쩔 수 없구나."

도유강이 고개를 끄덕였다.

장강수로채의 거함과는 약 이십여 장.

풍천이 멀리 도약하기 위해 무릎을 살짝 구부렸다.

그때였다.

"혹시 오태산에서 온 유강 공자님이 아니신지요?"

도유강의 눈이 휘둥그레졌다. 언제 장강에 이름이 퍼질 만큼 유명해졌단 말인가!

목소리를 낸 자는 뱃머리에 서 있었는데, 뜻밖에도 이제 고작 열네다섯 살 정도로밖에는 보이지 않았다. 어린 나이에 거함의 통솔자라면 보이는 모습이 전부가 아닐 것이라는 생각이 들었다.

혹시 풍천이 미리 손을 써놓은 것은 아닐까 싶어 물었다.

"풍천, 아는 자냐?"

"주군, 처음 보는 자입니다."

알고도 모른 척하는 것 같진 않았다.

"그대는 누구기에 날 알고 있는가?"

다시 거함에서 낭랑한 목소리가 들려왔다.

"두 분이 오시길 기다리고 있었습니다."

그 소리에 정작 놀란 것은 백룡부의 등무극과 그의 수하들이었다. 도적의 배를 훔친 이 작자들은 장강수로채의 손님이었던 것이다. 그런 자들이 은자 한 냥으로 배를 훔치고, 자신들을 인어처럼 부렸다는 사실에 말로 형용키 어려운 억울함이 솟아났다.

곧이어 거함 뒤쪽에서 쾌속선 한 척이 나타났다.

소년이 훌쩍 몸을 날려 쾌속선에 내려서자, 쾌속선이 빠르게 다가와 눈앞에 이르렀다.

여전히 의문을 띠고 바라볼 때, 소년이 정중히 머리를 숙였다.

"오시느라 고생 많으셨습니다. 저는 장강수로채의 구양수라고 합니다."

소년은 두 손을 가지런히 배꼽 쪽에 모으고 구십 도로 고개를 숙였다. 정녕 도적놈이라고 생각하기 힘든 예의 바름이 몸에 가득 배어 있었다.

만약 어떤 이가 묻길, 도적놈들 중에 단연 특이한 자는 누구였습니까, 라고 묻는다면 도유강은 망설이지 않고 '손약란'이라고 말할 터였다.

손약란은 그럴 자격이 충분하다는 것을 수차례에 걸쳐 보여주었고, 단연 특이함에 있어서 수위를 차지하기에 부족함도 경쟁할 자도 없었다.

그러나 그것은 착각이었다.

구양수는 단 한 동작으로 자신이 손약란에 비해 손색이 없는 특이한 도적놈이라는 것을 여실히 증명한 것이다.

그때 등무극이 신음하듯 내뱉는 소리가 옅게 들려왔다.

"염병할, 동정용왕의 아들이……."

*   *   *

그는 거지가 확실했다.

추레한 옷의 여기저기 꿰맨 흔적에, 머리는 비듬이 쌓여 있는 채 산발이었으며, 입을 벌릴 때면 치아 사이로 음식 찌꺼기가 묻어 있었다.

하지만 또 한편으로 그는 거지가 아니었다.

첫째, 그의 눈빛은 심유한 중에 날카로운 예기를 담고 있어 구걸하는 자 특유의 무기력함이 없었다.

둘째, 그가 앉은 곳은 화려하게 꾸며진 곳이었다. 벽에 걸린 고풍스러운 벽화며, 고급 도자기, 각종 기물들은 하나같이 고급스러웠다.

셋째, 그의 허리엔 여섯 개의 매듭이 묶여 있었다.

마지막으로 그의 맞은편에는 곤룡포를 걸친 장대한 체구의 중, 노년의 사내가 앉아 있었는데, 거구임에도 불구하고 이목구비가 뚜렷하고, 주변을 압도하는 위엄과 기품이 풍겨 나오고 있었다.

결정적으로 거지가 거지인 것은 틀림없으나 특별한 거지

라는 것은 곤룡포의 사내가 장강수로채의 수장이자 동정용왕이라 불리는 이였기 때문이었다.

중년 거지가 앞에 놓인 찻잔을 들었다.

후르르륵.

소리가 요란했다.

동정용왕이 미간을 살짝 구겼다.

"뜨겁군요."

거지가 차를 내려놓고 말을 이었다.

"용왕께선 백룡부주를 만난 적이 있으십니까?"

동정용왕이 대답 대신 바깥을 향해 말했다.

"차를 치워라!"

곧 시녀들이 들어와 찻잔을 거뒀다.

거지가 안타까운 시선으로 찻잔을 보고, 동정용왕을 향해 원망 서린 눈빛을 보냈다.

"두 모금밖에 안 마셨습니다……."

"취광신개……."

"말씀하십시오."

"난 이래서 개방이 싫다. 개방의 분타주 정도가 되면 언젠가는 개방 장로가 될 터인데, 굳이 나 거지요, 라고 표시를 내야 하겠나?"

"헤헤헤헤. 이게 편한데 어쩌겠습니까?"

취광신개가 쥐가 웃듯 웃었다. 개방 장로들이 더합니다, 라는 말을 하고 싶은 것도 같았다.

 눈웃음이 어찌나 가느다란 곡선을 그리는지 가히 살인 충동을 일으킬 정도였다.

 "요새 거지들이 장강이며 동정호며 득실거리기에 무슨 일인가 했더니 백룡부 때문이었던 게군."

 "정확히는 백룡부주이지요."

 "뒤져도 쓸만한 정보가 없었다? 그래서 대놓고 물어보자? 요즘 개방은 일을 참 쉽게 하는군. 예전만 못해졌어."

 "개방은 언제나 쉬운 길을 찾았습니다. 거지들의 장기가 게으름을 피우는 것인데 굳이 먼 길을 돌아갈 필요는 없지 않겠습니까?"

 동정용왕이 옅게 조소를 머금었다.

 개방은 결코 게으름을 피우지 않았다. 거지 떼들이 장강 일대에 득실거리기 시작한 것도 일 년여가 되어간다. 개방은 전력을 다해 무언가를 찾고 있었고, 시간을 기울인 것에 비해 제대로 성과를 내지 못한 것이다.

 "백룡부라… 백룡부와 개방이 악연이 있을 줄은 미처 생각지 못했군. 난 그저 배고파서 물고기를 잡으려고 기를 쓰는 줄로만 알았지 뭔가?"

 취광신개가 입술을 옴지락거렸다.

 동정용왕은 질문을 던진 것이다. 어떤 악연인지 들어보고, 그 이유 여하에 따라 대답을 하겠다는 뜻이었다.

취광신개는 고민이 되는지 머리를 긁어대기 시작했다. 비듬이 기다렸다는 듯 우수수 떨어져 내려 어깨며 고급 자단목 탁자에 쌓여갔다.

"킁킁……."

가만 놔뒀다가는 코까지 풀 기세였다.

동정용왕이 싸늘히 말했다.

"취광신개, 용왕채에 온 것을 주변에 아는 사람이 있나?"

"헤헤헤, 죽여 버리시려고요? 죄송합니다만 용왕채를 방문한다고 며칠 전부터 노래를 부르고 다녔습니다."

"그럼 고심하려거든 머리 대신 턱이나 쓰다듬는 게 낫지 않겠나?"

"거지인걸요."

"흐음……."

동정용왕이 신음성을 발했다. 표정을 봐선 눈 딱 감고 죽여 버릴까 고심하는 것도 같았다.

그때 취광신개가 입을 열었다.

"좋습니다. 말씀드리지요. 윗선에서 찾고 있는 자가 백룡부주와 여러모로 일치합니다."

동정용왕이 등을 의자에 기댔다. 그 정도로는 부족하다는 뜻과 아쉬울 것 없다는 태도가 물씬 풍겨 나왔다.

취광신개가 한숨 쉬듯 말했다.

"좀 더 말씀드리죠."

"그래야지."

"십대악인에 대해 알고 계시겠지요?"

"그자들이 아직도 살아 있었나?"

"네, 살아 있습죠. 정확히는 그들 중 하나가 살아 있는 것이죠. 하아, 벌써 십이 년이군요. 그동안 십대악인을 멸절하는 것만이 개방의 전부였습니다. 성과는 있었습니다. 아홉을 추살했으니까요."

"흐흐흐, 장구한 세월이군. 윗선이 누구인지 짐작이 될 정도야."

개방의 전체 힘을 십 년 넘게 집중시킬 수 있는 건 오직 한 사람뿐이었다. 십대악인은 개방 방주를 건드리고 만 것이리라. 강호의 속설상 중과 거지를 건드리면 재수가 없다는 말을 어긴 십대악인은 속설의 희생양이 된 것이다.

"클클, 제 사정도 챙겨주셔야 합니다. 부디 짐작만 하고 계십시오."

"그래서 백룡부주가 마지막 남은 십대악인일 것 같다?"

"정황상 그렇습니다. 역시 십대악인의 수장이랄까요. 무공은 높고 의술이며, 역용에 능하고, 웅크릴 줄도, 사람을 다루는 솜씨까지도 능수능란한 자이지요. 천지를 다 뒤졌습니다. 온 거지들이 밥을 굶어가면서 아홉 놈을 찾고, 죽일 때까지 그자의 종적만 묘연했지요."

"흥미로운 이야기로군."

동정용왕의 입가에 미소가 어렸다.

만약 개방이 백룡부를 상대한다면 쌍수를 들고 환영할 일이었다.

장강수로채는 성세가 예전만 못했다. 팔 년 전 태동한 백룡부 때문이었다. 처음 이 년은 작은 군소문파에 불과했던 백룡부가 어느 순간 기세를 일으켜 장강 이북을 삼켜대기 시작했다.

서로 전쟁은 불가피했고, 격전은 삼 년여 동안 이어졌다. 그 결과 장강십팔채는 장강십채가 되었다. 장강 이북을 온전히 백룡부에게 내주고 만 것이다.

이후 휴전을 맺고, 불간섭 조약을 맺었으나 당시 피의 결전을 잊은 적은 한 번도 없었다.

개방의 개입은 장강수로채로서는 정녕 다시 올 수 없는 기회였다.

백룡부주는 기이한 자였다. 의심의 여지가 한둘이 아니었다. 그러나 설혹 그가 십대악인이 아니더라도 십대악인 중 하나라 우기고, 부추겨서 어떻게든 개방이 백룡부와 충돌이 일어나게 해야 했다.

"잘 찾아왔네. 백룡부주는……."

동정용왕이 상체를 당겼고, 취광신개의 눈빛이 날카롭게 빛났다.

그때였다.

"아버님, 구양수입니다."

또랑또랑한 목소리가 문밖에서 들려왔다.

중요한 순간에 간섭이 이는 걸 무엇보다 싫어했지만 그 대상이 아들이라면 이야기가 달라진다.

"무슨 일이냐? 네가 무례를 범해야 할 정도로 중한 일이더냐?"

구양수가 문을 열고 들어와 공손히 허리를 숙였다. 두 손은 언제나처럼 배꼽에 살며시 올려놓은 자세였다.

"손님이 오셨습니다."

"손님?"

"일전에 숙부께서 보내신 서신 속의 두 분입니다."

거절의 말을 준비하던 동정용왕의 안색이 일그러졌다.

보통 손님이 아니었다. 이야기를 당장 중단해야 할 정도로 그들은 특별했다.

"곧 나가겠다."

"소자, 물러가겠습니다."

동정용왕이 몸을 일으켰다.

"오늘은 날이 좋지 않군. 사흘 뒤에 다시 오도록 하게."

"그리하겠습니다."

취광신개도 가타부타 묻지 않고 자리를 털고 일어났다.

거지로 굴러먹은 세월이 가볍지 않다. 눈치 하나로 빌어먹고 살아왔다. 급한 일일수록 돌아가야 하는 법. 십대악인을 잡겠다고 십이 년을 추적해 왔는데 사흘쯤이야.

짐작대로 백룡부주의 정체가 원하는 자일 경우, 수전에 능한 장강수로채의 도움도 필요했다.

"요새 구걸이 신통치가 않아서… 다음번엔 식사 시간에 맞춰오겠습니다."

우스갯소리로 던진 말이었지만 듣지 못했다는 듯 동정용왕은 벌써 문을 나서고 있었다.

도유강이 본 동정용왕의 모습은 의외였다.

극진한 환대를 받으며, 당연하다는 듯 동정용왕의 처소에 자리를 잡았다. 그것만으로도 녹림왕이 꽤나 상세히 서신을 보냈고, 그만큼 두 사람의 친분이 가볍지 않을 것이란 추측을 어렵지 않게 할 수 있었다.

그 때문에 도유강은 동정용왕도 창살처럼 뻗은 수염에 우락부락한 외모일 것이라고 생각했다.

한 사람은 산 도적이고, 또 한 사람은 물 도적이니 당연히 도적놈처럼 생겼을 것이라 짐작한 것이다.

그러나 동정용왕의 첫인상은 한마디로 '멋진 남자'였다. 섬세한 여성스러움이 아닌 기골이 장대하면서도 기품이 서려 있고, 또 한편으로 야성적인 사나이의 기운도 품고 있었다.

"장강수로채에 오신 것을 진심으로 환영합니다."

동정용왕이 공손히 인사를 건넸다.

도유강이 손으로 앞자리를 가리켰다.

"환대를 해주니 고맙군. 앉지."

풍천이 곁에 있는 한 지존의 행보를 유지해야 한다.

지존의 표정, 지존의 음성!

누구에게든 하대하는 건 기본 중의 기본이었다.

동정용왕이 자리에 앉고, 그 뒤로 호위로 보이는 두 중년 검사가 나란히 섰다.

"녹림왕이 서신을 보냈다고? 괜히 번거롭게 한 것은 아닌지 모르겠군."

"녹림왕과는 청년기에 의기투합하여 강호를 수년간 함께 종횡한 적이 있습니다. 녹림왕 손무는 제게 피를 나눈 형제나 다름없습니다."

"난 소란을 피우러 온 것이 아니다. 지금이라도 원치 않는다면 당장 이곳을 떠날 용의가 있다."

진심이었다. 두 번째 안배를 얻는 데 있어 장강수로채에 머문다면 이점이 있다는 것은 알고 있지만 서로 간에 불편함을 안고 지내고 싶진 않았다.

"방문해 주신 것 자체가 영광입니다. 저희가 불편할 것이 무엇이겠습니까?"

비굴하지도, 거만함도 풍기지 않는다.

도유강은 고개를 끄덕였다. 이쯤 되면 편안히 지낼 수 있을 것 같았다.

풍천이 '모두 꿇어'를 외칠 필요도, 모가지를 돌려놓을 일도 없을 터.

"고맙군. 그렇다면 며칠 신세를 지도록 하지."

"마음 편히 오래 머물러 주십시오. 한 가지 여쭙고 싶은 것이 있습니다."

동정용왕의 물음에 도유강이 말해보란 듯 턱을 살짝 쳐들었다.

"오태산에서 흑룡방을 지워 버리셨다고 들었습니다. 흑룡방주도 요절했다니 정녕 놀랍습니다."

그것이 사실이냐고 묻고 있었다.

도유강은 바로 인상을 찡그렸다.

흑룡방 몰살은 과도한 것이었다. 땅에 묻혀 있다가 나와보니 모두 죽어버렸던 터라 말리고 자시고가 없었기에 또 그와 같은 일이 일어나는 것을 방지하기 위해 풍천에게도 몇 번이고 다짐을 시킨 것이 아니었던가.

강호의 한자리를 차지하는 장강수로채의 환대가 그저 선량한 진심에서 우러나온 것이 아니란 것쯤은 알고 있었지만 직접적으로 동정용왕의 입에서 두려움 때문이라는 인상을 받게 되자 좋았던 기분이 차갑게 식었다.

"그 이야기는 하고 싶지 않다."

절로 싸늘하게 말이 나갔다.

그 순간 동정용왕의 뒤편에 선 두 호위의 눈에서 불길이 일었다.

그러나 도유강의 뒤에도 사람은 있었다.

풍천이 바로 대응했다.

"너희 두 놈! 눈을 뽑아버리기 전에 눈빛 풀어라!"

당장 칼이 허공을 가르고 피가 튄다고 해도 이상할 것 없이 분위기가 험악해졌다.

동정용왕이 미소를 머금고 머리를 숙였다.

"용서하십시오. 제 수하들이 사람 보는 눈이 조금 부족합니다."

"많이 부족하다."

풍천이 정정해 주었다.

동정용왕은 안색의 변화가 없이 수하들을 향해 나가라고 손짓했다. 그들은 잠시 망설이는 듯했으나 이내 머리를 조아리고 명을 받들었다.

풍천이 두 호위의 뒷모습을 바라보다가 허리를 숙여 도유강의 귓가에 속삭였다.

"주군, 잠시 나갔다 오겠습니다."

풍천과 함께한 시간이 적지 않았다. 단순히 나갔다 온다는 말속엔 숨겨진 뜻이 가득했다. 풍천은 함축 언어와 생략 언어의 달인이었다. 도유강은 풍천의 말을 온전히 알아들을 수 있었다.

풀이하자면,

'주군, 잠시 나가서 두 놈의 눈을 뽑아버리고 오겠습니다'
였다.

도유강이 고개를 저었다.

"소란을 피우지 말라고 하지 않았느냐!"

"하지만 두 놈이 주군을 마치 잡아죽일 듯이 바라보……."

"됐다. 동정용왕이 예를 다해 굽실거리고 있지 않느냐! 그 아래 수많은 수하들 중 혈기 넘치는 자 한둘은 어디에나 있게 마련이고, 그와 같은 반응을 보이는 것은 아랫사람의 당연한 도리라 할 수 있다."

"주군의 뜻을 따르겠습니다."

눈알 뽑기가 일단락되는 것을 지켜본 동정용왕이 분위기를 바꾸기 위해 말을 꺼냈다.

"먼 여정에 피곤하실 텐데 휴식을 취하십시오. 반 시진 이내에 식사 준비가 끝날 것입니다. 아, 그리고 식사는 어디에서 하는 것이 편하신지요?"

"이곳이 좋겠군."

"그리 명해놓겠습니다."

동정용왕이 공손히 예를 표하며 물러났다.

둘만 남게 되자, 도유강이 턱을 매만지며 말했다.

"녹림과는 사뭇 다르구나. 손약란과 달리 용왕의 아들은 배꼽인사를 해서 괴이하다고 생각했는데 동정용왕도 수적이 맞는지 의심스러울 지경이다."

"주군, 오태산에서 흑룡방을 쓸어버리길 잘한 것 같습니다. 크게 교훈을 남겨놓으니 가시는 걸음걸음이 순조로워지는 듯합니다. 조금 더 순탄한 길을 위해 아까 그 두 놈의 눈알을 뽑……."

도유강이 꽥 소리를 질렀다.

"닥쳐라!"

동정용왕은 집무실로 돌아와 문을 닫았다.

탁!

그 소리와 함께 동정용왕이 고함을 내질렀다.

"으아아악! 이 개 잡종 놈들!"

동정용왕은 몸을 날려 각종 기물들을 때려부수기 시작했다. 벽의 장식이며, 벽화며, 가구들이 산산이 부서져 허공에 흩날렸다.

일각 정도 난동을 피웠을 때, 집무실은 전쟁을 치른 듯 폐허가 되어 있었다.

동정용왕이 멈춘 건 도자기를 들고 막 내려치려 할 때였다. 씩씩거리다 두 눈을 들어 도자기를 바라봤다.

"이건 아니지……."

애지중지하는 보물이었다.

조심스럽게 한쪽 모퉁이에 내려놓은 동정용왕이 다리 하

나가 날아간 의자에 걸터앉았다.

집무실을 빙 둘러보았다.

난장판이었다.

정녕 혈기를 참지 못한 것도 오랜만이었다.

동정용왕이 된 후 오늘 같은 모욕은 처음이었으니 이 정도 화풀이는 할 만하다고 스스로를 위로했다.

어린놈의 목소리가 아직까지 귓가에 어른거린다.

"동정용왕이 예를 다해 알아서 굽실거리고 있지 않느냐!"

가는 말이 고우면 오는 말이 곱다고 했다. 무림에 몸을 담은 자라면 그 말이 얼마나 허망한 것인지 잘 알고 있다. 하지만 적어도 동정용왕쯤 되는 위치에서 곱게 말하면 격언대로 되돌려주어야 상식이 아니던가.

"죽여 버리고 말겠다."

녹림이 무릎 꿇었다고 해서 장강수로채가 무릎을 꿇어야 하는 건 아니었다.

녹림왕 손무의 서신을 받은 이후 이미 계획은 세워두었고, 그 결과는 의심의 여지가 없었다. 그 계획을 위해 예를 갖추었을 뿐이다.

바드득.

이를 갈 때, 바깥에서 인기척이 들렸다.

"아버님, 소자 구양수입니다."

"들어오너라."

구양수가 안으로 들어와 머리를 숙였다. 주변이 폐허가 되어 있었지만 눈썹 하나 까딱하지 않았다.

동정용왕이 물었다.

"준비는?"

"두 분은 편안하게 저세상으로 떠나게 될 것입니다."

살인에 대한 언급조차 진심으로 명복을 비는 듯 보였다.

"차질없이 처리하도록 해라."

"염려 마십시오. 두 분께서는 장강수로채에 발을 디딘 순간부터 생을 다하신 것이었습니다."

"아무렴."

동정용왕이 잠시 고민하는 듯 미간을 찡그리더니 말을 이었다.

"두 놈에겐 철관을 사용할 것이다."

"준비시키겠습니다."

손을 젓자, 구양수가 공손히 예를 표하고 돌아섰다.

동정용왕이 한쪽 입꼬리를 말아 올리며 웃었다.

"후후후, 손무! 네놈도 많이 나약해졌구나. 그러니 녹림이 토벌대에게 쫓겨 도망이나 다니는 신세가 되는 것이 아니더냐!"

젊었을 때의 손무는 패기가 넘쳤다. 두려움을 몰랐고, 일을 저지르고 뒤에 수습하는 일이 다반사였다. 언젠가 한 번은 목을 베고 나서 누구냐고 다그치고 있는 것을, 이미 죽었다고 말린 적도 있었을 정도였다.

그랬던 손무는 서신 속에서 구구절절 조심하라, 예를 다해 맞이하라, 섣부른 행동은 삼가라, 흑룡방의 교훈을 잊지 마라, 는 말을 적어 보낸 것이다.

"못난 놈, 흰머리가 나기도 전에 노망이 난 게지. 네가 못한 일을 이 동정용왕이 할 것이다. 크하하하하!"

이제 두 놈은 철관에 들어가 영원히 동정호 밑바닥에 머물게 될 것이다.

쇠로 만들어진 관!

두 놈을 넣기에도 공간은 충분했다.

또한 두 놈은 나무관이 아닌 철관에 들어갈 충분한 자격도 갖추고 있었다.

반 시진 후.

"서두르십시오."

구양수가 채근했다.

철관을 든 네 무사의 걸음이 빨라졌다.

묵철이 섞여 있어 일반 철과 비교할 수 없을 만큼 무거웠다. 전력을 다해 들어 옮기느라 무사들의 이마엔 시퍼런 핏줄이 돋아나 있었다.

용왕각 앞에 이르렀을 때는 이미 동정용왕과 장강수로채의 수뇌부 열두 명이 기다리고 있었다.

동정용왕이 구양수를 보며 책망했다.

"왜 이리 늦었느냐?"

늦은 이유야 뻔했다. 철관은 이동이 쉽지 않다. 타박한 것은 그의 마음이 조급했기 때문이었다. 그는 어서 빨리 두 놈의 시신을 관 속에 넣고 싶어 견딜 수가 없었다.

관 뚜껑을 닫기 전에 두 놈의 혈색없는 얼굴을 보며 크게 한바탕 웃을 준비도 되어 있었다.

"죄송합니다."

구양수의 말을 듣는 척 마는 척하며 채주들 쪽을 향해 말했다.

"철관을 대신 들어라."

화룡채주와 음공채주가 관을 건네받았다.

"가자."

동정용왕이 앞장서고 그 뒤를 서열 이위인 초수태공이, 그다음 철관과 그 주위를 장강십채의 나머지 채주들과 구양수가 따랐다.

"용왕께 드릴 말씀이 있습니다."

초수태공이 걸으며 말했다.

"말해보아라."

"가까운 시일 안으로 녹림왕이 도착하지 않습니까?"

"그렇지."

"이번 일로 녹림보다 장강수로채가 우위에 있다는 것을 확실히 보일 필요가 있다는 생각입니다. 죽은 두 사람의 시신을 철관에 넣어두고 동정호에 수장하는 일은 녹림왕과 수뇌부가 시체를 확인한 뒤에 치르는 것이 어떠신지요?"

"흠, 좋은 생각이다. 녹림은 영원히 장강수로채 앞에서 고개를 들지 못할 것이다."

동정용왕이 초수태공의 어깨를 두드려 주었다.

그 말에 초수태공을 비롯한 모두가 웃음을 터뜨렸다.

그들은 녹림왕의 서신을 받고 긴급 회의를 소집했었다. 몇 번의 심사숙고 끝에 살계를 쓰기로 했고, 그 타당성에 무릎을 치며 기뻐했다.

또한 그 회의의 끝자락에선 녹림에 대한 비아냥이 주를 이루었었다.

이제 그 결과물이 눈앞에 있었고, 녹림왕 등이 어떤 표정을 짓게 될지 모두는 궁금하기 짝이 없었던 것이다.

그러는 사이 일행은 내실로 진입했다.

동정용왕이 분통이 터지는지 가슴을 들썩였다.

용왕각의 내실은 대대로 동정용왕의 거처였던 만큼 화려함과 고풍스러움이 적절히 어우러져 위엄이 서린 곳이었다.

그런데 이 전통 서린 곳을 정체불명의 방문자에게 내준 것이다. 녹림총채가 버릇을 잘못 들인 탓이었다.

구양수가 그 마음을 헤아렸는지 공손히 입을 열었다.

"아버님, 이 기회에 용왕각을 새로 꾸미시는 것이 좋겠습니다."

"그것도 검토해야겠다."

두 구의 시체가 나온 곳을 처소로 삼는 건 재수없는 일이었다.

내실 복도를 따라가 이윽고 일행은 방문 앞에 이르렀다.

동정용왕이 뒤를 돌아 수하들을 스윽 훑었다.

장강수로채의 기둥들, 그 면면이 자랑스럽고 듬직하다.

또한 이들의 표정마다 녹림이 아닌 장강수로채에 몸담은 것이 뿌듯하단 뜻도 읽어낼 수 있었다.

"들어가자."

동정용왕이 발을 들어 문을 걷어찼다.

빗장이 뽑혀지며 문이 통째로 날아갔다.

"크하하하하!"

동정용왕이 호기롭게 웃으며 방 안으로 들어섰다.

줄을 이어 수뇌들과 철관이 뒤따랐다.

"하하하… 아아… 응?"

동정용왕이 웃음을 멈추고 두 구의 시체를 바라봤다.

두 구의 시체는 마주 앉아 차를 마시고 있었다.

'허어어억!'

동정용왕은 눈을 부릅뜨고 속으로 경악성을 토해냈다.

뒤쪽에서 흡, 어, 흠, 등 다양하고 짧은 탄성이 연이어 터져나왔다.

도유강과 풍천이 찻잔을 든 채로 물끄러미 무리를 향해 시선을 던졌다.

동정용왕의 머리가 미칠 듯이 돌아갔다.

우선은 이 상황을 이해하는 것이 급선무였다.

이 두 놈은 죽어야 했다. 식사를 끝내지도 못하고 바닥에 널브러져 있어야 했다. 이렇게 찻잔을 들고 바라보고 있으면 안 되는 것이었다.

왜지? 왜? 왜 안 죽은 거냐?

이 두 놈이 먹은 것은 음식뿐만이 아니었다.

흔적없는 저승사자!

무색무취의 절독!

화홍독이었다.

젊은 날 녹림왕 손무와 강호를 주유할 때, 우연히 맞닥뜨린 화용문의 대주를 죽이고 그 품에서 화홍독을 취했다.

이후 두 사람은 화홍독을 나눠 가졌고, 언젠가 요긴하게 쓰일 때가 있겠다 싶어 아껴두었었다.

그리고 사용할 때가 왔다. 그래서 아끼지 않고 모두 쏟아부었다.

그런데 두 놈이 환상처럼 눈까지 깜박이고 있는 것이다.

생각은 많았지만 동정용왕의 시간은 멈춰 있었다.

그 찰나 속의 의문을 채 해소하지 못했을 때,

풍천이 자리를 박차고 일어섰다.

"버릇없이 무슨 짓이냐!"

풍천이 뚜벅뚜벅 다가갔다.

도유강도 눈을 가늘게 뜨고 바라볼 뿐 풍천을 말리지 않았다. 아무래도 이건 정상적인 상황이 아니었다.

풍천이 동정용왕의 앞에 정면으로 섰다.

"무슨 짓이냐고 물었다."

동정용왕은 벌린 입을 가까스로 다물기는 했지만 그 입을 열지는 못했다. 그저 침을 삼키느라 목젖만 일렁였다.

풍천의 손이 날았다.

짜악!

뺨이 돌아가면서 동시에 동정용왕의 거구의 몸이 슬쩍 떠올랐다가 바닥으로 쓰러졌다.

입술이 터져 피가 턱으로 흘러내렸다.

"주군께서 녹림과 달리 장강수로채는 예의가 바르다고 칭찬하시기가 무섭게 무례를 범하다니, 네놈들이 죽고 싶어 안달이 난 모양이구나."

풍천이 호통쳤다.

그들은 장강수로채의 내로라하는 고수!

동정용왕이 치욕을 당했다.

일제히 병기를 꺼내 들고 신형을 날리는 것은 당연했다.

하지만 그 누구도 움직이지 못했다.

정녕 다른 때라면 결코 참지 않았을 터였다. 그러나 화홍독에 전신이 검게 물들어 죽어야 할 인간이 호통을 치고 있으니 현실감이 느껴지지 않아 꿀 먹은 벙어리가 되고 말았다.

그들은 비로소 녹림왕의 서신 말미에 적힌—모두가 회의 때 반신반의했던— '허튼짓은 삼가는 것이 신상에 이로울 것이다' 라는 글귀를 실감하고 있었다.

화홍독을 무용지물로 만든 자다. 두 사람은 공히 만독불침!

이 상태에서 도발한다면 어쩌면 제이의 흑룡방이 되는 것은 장강수로채가 될 터.

그러나 어물쩍 넘기기엔 상황이 좋지 않았다.

이미 방 안으로 철관이 들어와 있는 것이다.

아니나 다를까, 풍천이 철관을 지목했다.

"이건 무엇이냐?"

모두는 대답을 못하고 마른침만 삼켰다. 입이 바짝바짝 타 들어갔다.

스릉!

풍천이 검을 뽑아 눈앞의 초수태공의 목에 검을 겨눴다.

"피는 사람의 입을 열게 하는 묘용이 있지."

그때였다.

"소인이 말씀드리겠습니다."

구양수였다.

언제나처럼 배꼽인사로 시작했다.

풍천이 싸늘히 말했다.

"허튼소리가 나올 때마다 목 하나씩이다."

구양수가 태연히 대답했다.

"이것은 장강수로채에서 특별히 준비한 선물로 기양묵금이라 부르는 것입니다."

"기양묵금?"

풍천이 반문했고, 동정용왕을 비롯한 모두는 간절히 구양수를 응원했다.

비록 나이는 어리고 유약해 보이나 구양수는 누구 못지않게 담력이 크고, 지혜로웠다. 지금도 음성이 떨리거나 안색의 변화가 없는 것이 그 증거였다. 예절이 바르나 단지 그뿐, 예절 바르게 사람 목숨을 취할 수 있는 뛰어난 자질을 갖추고 있었다.

"네, 오늘날 장강수로채가 번영할 수 있었던 것은 모두 이 기양묵금 때문이라고 해도 과언이 아닙니다. 묵철과 현철을 절묘하게 배합하고, 주조 과정에서 오행의 법칙에 따라 제작되었습니다. 철갑을 열면 두 사람 정도 누울 수 있는 넓은 공간이 나오는데 그저 누워 있는 것만으로도 내력을 증진시키는 효용을 지니고 있습니다."

"내력을 증진시킨다?"

"그렇습니다. 하지만 그 효험이 나타나는 것은 최소 반년이 지난 뒤부터입니다."

거기까지 들은 동정용왕은 절망했다.

아들의 임기응변은 언뜻 듣기엔 그럴싸했지만 강호의 숱한 음모에 잔뼈가 굵은 자에겐 통할 말이 아니었다.

만년온옥이나 만년빙옥도 아니고 쇳덩이 안에 누워 있는다고 내공이 증진되는 일은 한낱 설(說)로도 전해지지 않는 허무맹랑한 소리였다.

게다가 문을 박살 냈다.

크게 웃은 건 또 어떻게 한단 말인가!

풍천이 무심한 표정으로 천천히 왼손을 들어 구양수의 머리로 가져갔다.

동정용왕은 일격을 가할 준비를 했다.

아무런 저항도 못해보고 사랑하는 아들을 저세상으로 보낼 수는 없었다.

그것은 모든 채주들도 마찬가지였다. 그들은 공력을 끌어모아 발출 태세를 갖췄다.

그 찰나,

"훌륭하구나. 하하하! 얼마나 선물을 주고 싶었으면 문을 박살 내고, 크게 웃음을 터뜨렸을까!"

풍천이 구양수의 머리를 쓰다듬었다.

최상의 신형으로 튕겨 나가려던 동정용왕과 수뇌들이 이를 악물고 몸을 움츠렸다. 워낙 급격히 진기를 억누르느라 기혈이 역류해 몇몇은 옅은 신음성을 냈다.

믿을 수 없는 일이었다.

동정용왕은 신기한 동물을 보듯 풍천을 바라봤다.

'통했다. 세상에, 그 말이 통했어. 통해도 되는 거냐?'

녹림왕의 전서에는 두 놈이 정상이 아닌 듯 보인다고 했다. 그 말은 잘못되었다. 표현이 부족했다. 많이 정상이 아니라고 적어야 했다.

"과찬이십니다."

구양수가 겸양을 했다.

풍천이 철관을 지목하며 말했다.

"저기 벽 쪽에 붙여놓아라. 선물이 마음에 든다. 그러나 짚고 넘어갈 것은 확실히 해두는 것이 좋겠지. 너희는 주군께서 식사를 끝내고 일어서시기도 전에 무례를 범했다. 응당 그에 따른 처벌을 받아야 한다. 주군께 직접 여쭙고 그에 따라 벌을 내리겠다."

풍천이 도유강을 향해 돌아서 머리를 조아렸다.

"주군, 하명하여 주십시오."

도유강은 잠시 고민에 빠졌다.

풍천은 자신의 무공 증진에 혈안이 되어 있다. 내력 상승이라는 말에 판단력 자체가 실종된 상태!

가만히 처음 상황부터 복기해 볼 때 수상쩍은 것이 한둘이 아니었다. 특히 기양묵금이란 것도 마치 관처럼 생기지 않았는가.

'추궁하자니 풍천이 검을 그어댈 것 같고, 넘기자니 찜찜하기 그지없구나.'

결국 도유강은 추궁하자는 쪽으로 마음을 굳혔다. 얼마나 이곳에 머물게 될지 모른다. 일이 벌어진 지금 경고를 심어두는 것이 낫겠다 싶었다.

도유강이 자리에서 일어나려 엉덩이를 살짝 들었다.

"네, 주군의 뜻에 따르겠습니다."

풍천이 대답했다.

또 독심술을? 도유강은 머리가 어질거렸다.

'이, 이 새끼가······.'

멋대로 주군의 뜻이란 걸 만들어내 버리고 있었다. 뇌 속으로 들어올 수도 없는 주제에 말이다.

풍천은 이미 입을 열기 시작했다.

"주군께서 너희의 정성을 가엾게 여기셨다. 이번 한 번의 무례는 용서하시겠다고 하니 다음번에는 각별히 주의하도록 하라."

동정용왕을 비롯한 모두가 예를 갖춘 후 방을 나섰다.

둘만 남게 되자마자, 도유강이 고함을 내질렀다.

"풍천, 네 이놈! 왜 네 멋대로 말을 지어내느냐!"

"주군, 내공 증진입니다. 내공은 다다익선입니다."

"네놈은 눈을 멋으로 달고 다니는 것이냐! 저 쇳덩이가 정녕 내공에 도움이 되는 것으로 보인단 말이냐!"

"주군, 교에도 상식을 초월하는 기물이 여럿 있습니다. 모양은 보잘것없으나 효용은 지대한 것들입니다."

"그렇게 좋다면 네놈이 실컷 들어가 있도록 해라!"

"불가합니다. 주군을 위한 기물입니다."

도유강은 입술을 깨물었다. 더 말을 섞어봐야 손해는 심복이 아니라 주군의 몫이었다. 이러다 관 속에 억지로 밀어 넣을지도 모른다는 불안이 스멀거린 것도 입을 다문 이유 중 하나였다.

그때 음식을 치우기 위함인지 두 시녀가 허리를 굽히다시피 하며 방 안으로 들어왔다.

기회다 싶었는지 풍천이 재빨리 말을 꺼냈다.

"주군, 동정용왕채에 머물게 되신 만큼 자맥질은 동정용왕에게 배우는 것이 어떠신지요?"

풍천이 묻고 있었다.

언제나 그렇다.

의견을 구하나 결정을 내리는 건 심복이었다.

이건 통보였다.

도유강은 피가 거꾸로 솟았다.

"참을 수 없다. 네 멋대로 하려면 당장 꺼져 버려라!"

순식간에 일어나 의자로 풍천을 내려쳤다.

꽈작!

의자가 산산조각 나고, 풍천이 입을 바보처럼 벌리더니 풀썩 하고 쓰러져 바들바들 몸을 떨었다.

도유강은 어처구니가 없어 헛웃음이 나오려 했다.

지주동혈에서 일찍 일어난 것이 여태 마음에 걸렸었나 보다. 일어나질 않는다. 내가 죽어야지, 죽어버리게 낫겠어.

"죽어버려야 해……."

그 광경에 시녀들이 몸을 파르르 떨었다.

일식경 후.

동정용왕과 수뇌들은 별관에 모였다.

그들은 중앙에 놓인 탁자 주위를 둘러싸고 있었다.

"왜 아직도 안 오는 것이냐!"

동정용왕이 역정을 내자 초수태공이 옆에 선 구일송을 향해 눈짓을 했다.

구일송이 나가보려 할 때였다.

"아버님! 소자, 늦었습니다."

구양수가 두 시녀와 함께 들어섰다.

시녀들은 음식 쟁반을 들고 있었다. 도유강과 풍천이 남긴 음식을 빠짐없이 챙겨온 것이었다.

구양수가 시녀들에게 말했다.

"저기 빈 탁자에 올려놓으십시오."

시녀들이 쟁반을 내려놓자, 동정용왕이 물었다.

"혹시 놈들이 의심하는 눈치는 없었느냐?"

"의심은 없었습니다… 다만."

오른쪽 시녀가 말을 흐렸다.

"다만?"

시녀가 한차례 몸을 부르르 떨더니 말을 이었다.

"저희가 음식을 치우려 할 때, 젊은 공자가 갑자기 소리를 지르더니 의자로 심복을 후려쳤습니다. 그 즉시 심복이 쓰러져 경기하듯 몸을 떨었습니다."

"의자로 찍어버려?"

동정용왕이 되물었다.

흐음, 하고 신음하듯 침음성이 여기저기서 터져 나왔다.

심복이 상태가 안 좋고, 주군이란 놈은 그나마 정상이라고 봤는데 그놈도 정신병자인가 하는 우려가 일었다.

"네, 그러더니 죽어버려야 한다고 했습니다. 저희는 그 자리에서 심복을 죽이고, 저희까지 죽일까 두려워 견딜 수가 없었습니다. 그때 공자가 저희에게 갑자기 부드럽게 말을 걸었습니다."

"왜 거기서 갑자기 부드럽게가 튀어나와?"

동정용왕이 눈알을 부라렸다.

방에서의 공포스러운 기억과 동정용왕의 기세에 질려 시녀가 당장 울 것 같은 표정으로 말했다.

"저희도 영문을 몰라 눈물만 흘리고 있었는데, 공자는 '떨 필요 없다. 놀라게 해서 미안하다. 맛있는 식사였다'라고 말했습니다. 흑흑흑… 저흰 이러다 갑자기 죽이는 것이 아닌가 싶어서……."

"허허허허……."

동정용왕이 허탈한 웃음을 흘렸다.

잘못 걸렸다.

강호에서 무서운 상대는 당연 무공이 강한 자였다.

그러나 더 무서운 상대는 무공이 강하면서 미쳐 버린 인간이었다.

그런데 미친 두 놈이 장강수로채의 심장부에 눌러앉은 것이다. 아무래도 녹림이 당했다는 재앙을 장강수로채도 당하고 말 것이라는 불안이 엄습했다.

그건 대부분의 감상도 비슷해 어느 누구 하나 입을 열지 못했다.

오직 구양수만이 태연한 표정으로 두 시녀의 어깨를 한차례 붙들어주고 밖으로 내보냈다.

구양수가 머리를 조아렸다.

"소자, 한 말씀 올리겠습니다."

동정용왕이 대답할 기운도 없다는 듯 그저 시선만 던졌다.

"그분께서 맛있는 식사라고 하신 것을 보면 혹시 화홍독에 문제가 생긴 것은 아닌지 의심스럽습니다. 약이나 독은 유효기간이 있게 마련이라 그들이 만독불침에 이른 고수인지 아닌지는 시험을 해본 후 판단해도 늦지 않을 것이란 생각입니다."

그러자 분위기가 대번에 바뀌었다.

당장에 왜 그 생각을 못했는지 모르겠다는 표정들이 되었다. 두 놈 모두 만독불침이라는 것 자체가 의아한 일이었다. 만독불침이란 것이 애들 장난처럼 여겨질 성질의 경지가 아니지 않는가!

"확실합니다. 화홍독의 독효가 다한 것이 틀림없습니다. 세상에 그 누가 있어 화홍독에 버틸 수 있겠습니까?"

노염채의 채주 구일송이었다.

동정용왕도 바로 동의했다.

"그렇지. 그런 것이었을 것이다. 자, 그럼……."

동정용왕의 말이 끝나기도 전에 구일송이 눈앞의 찻잔을 들어 일거에 들이켰다. 누가 말리고 자시고 할 사이도 없이 순식간에 일어난 일이었다.

모두가 경악스럽게 구일송을 바라봤다.

평소 성정이 폭급하고, 말보다 칼이 먼저 나가는 구일송이

장강수로채 223

었지만 이렇게 바로 실행에 옮길 줄은 몰랐다.

구일송이 앙천대소를 터뜨렸다.

"하하하하!"

모두의 얼굴이 활짝 피었다.

그 순간,

"커억!"

구일송이 목을 움켜쥐고 쓰러졌다. 삽시간에 얼굴이 새까맣게 변하고, 눈알이 당장에라도 튀어나올 듯 부풀어 올랐다. 다리와 팔, 머리까지 정신없이 흔들어대던 구일송이 끝내 축 처지고 말았다.

지켜보는 동정용왕이 눈을 고작 두 번 깜박이는 순간에 구일송이 세상을 떠나고 만 것이다.

'자, 그럼 동물에게 먹여보자'라는 말을 끝까지 들었다면 이처럼 허망하게 죽지는 않았을 터였다.

최초 말을 꺼낸 구양수도 크게 한숨을 내쉬었다.

성급함에 성급히 저승으로 가버렸지만 어쨌든 구일송은 한 가지 사실만은 증명해 주었다.

독효는 그대로였다. 얼마나 치명적인지 온몸으로 보여준 것이다.

"맛있는 식사였다니… 정녕 맛있었단 말이던가?"

장강수로채 서열 이위인 초수태공이 넋이 나간 듯 중얼거렸다.

모두들 그 말을 곱씹었다.
불쑥 동정용왕이 두려움을 떨쳐 내듯 고함을 내질렀다.
"대체 이 새끼들, 뭐 하는 놈들이야!"
두려움은 현실이 되었다.
녹림의 경고는 철저히 진실이었다.

第十章
노리는 자들

전전
긍긍
마교교주

동정용왕은 잠을 청하지 못했다.
하루아침에 처소가 바뀌었다.
용왕이 된 이래 최초로 뺨을 맞고 뒹굴었다.
눈앞에서 수하가 독살당하는 것도 지켜봤다.
그럼에도 무사한 것을 다행이라며 안도했다.
스스로가 처량해 견딜 수 없었다.
 '그놈들은 대체 누구일까? 어디에서 온 것일까? 그리고 왜 온 것일까?'
 의문도 끝도 없이 피어났다.
 어쩌면 악취미를 가진 놈들인가 싶기도 했다. 그렇지 않은가? 녹림에 이어 장강수로채라니! 소림도 있고, 무당도 있는데 왜 도적 떼를 괴롭히느냔 말이다.

동정용왕이 이리저리 뒤척이며 잠을 이루지 못할 때, 부드러운 손이 그의 머리를 쓰다듬었다.

"시간이 해결해 줄 거예요. 고민할 것 없어요."

사랑하는 아내는 흔한 말을 건넸다. 그러나 동정용왕은 그 말에 위로를 받았다. 용왕의 자존심을 구긴 채 침소를 강탈당했다. 볼 면목이 없었지만 아내는 변함없는 지지를 보내주었다.

"그렇겠지?"

"그럼요."

아내의 다정한 목소리와 손길 탓인지 점점 눈꺼풀이 무거워졌다. 사실 신경을 많이 쓴 탓에 피곤한 하루였다.

그래, 내일은 내일의 해가 뜰 것이다.

물론 내일의 고난도 찾아올 것이다.

그렇더라도 고민한다고 키가 자라는 것도, 두 불청객이 사라지는 것도 아니었다.

동정용왕은 어느새 깊은 잠에 빠져들었다.

얼마나 시간이 지났을까.

"눈을 떠라."

느닷없이 들려온 음성. 나직한 명령 투. 단 한 마디에 동정용왕은 상대를 간파했다.

동정용왕은 번쩍 눈을 떴다.

지이잉!

오른쪽 눈동자 앞에 뭔가가 있었다.

"헉!"

동정용왕이 숨을 삼켰다.

검이었다. 검끝이 눈동자 바로 앞에, 거의 머리카락 한 올 차이로 머물러 있었다.

섣불리 몸을 일으켰다면 오른쪽 눈은 검에 꿰뚫리고 말았으리라.

"어리석은 놈은 아니군. 눈만 뜬 걸 보니."

풍천의 한쪽 입꼬리가 올라갔다.

"어인 일이신지……."

"몰라서 묻나?"

동정용왕은 뭘 알아야 하는지, 뭘 놓친 것인지 뇌 속을 뒤져 봐도 찾아내지 못했다.

"소인은 무슨 말씀이신지……."

"문을 제대로 부수고 들어오던데?"

동정용왕의 몸이 차갑게 식었다.

통한 것이 아니었단 말인가! 그저 모른 척 넘어가 준 것뿐이었던 것이냐!

"요, 용서하십시오!"

"주군께서 소란스러움을 원치 않으셨다. 만약 그 당부가 없었다면 너흰 모두 죽은 목숨이었다."

"다시는 그런 일이 없을 것입니다."

"물론!"

스윽!

척!

풍천이 검을 거뒀다.

비로소 동정용왕이 눈을 깜박였다.

"두 번은 없다. 이번이 가장 큰 예외였다고 생각하라."

"맹세합니다. 결코 호기를 부리는 일은 없을 것입니다."

"좋은 태도다. 자, 그럼."

동정용왕은 몰래 안도의 한숨을 내쉬었다. 이 밤도 조용히 넘어가게 된 것이다.

그때였다.

퍽!

풍천의 주먹이 동정용왕의 복부를 강타했다.

"우읍!"

동정용왕이 배를 움켜쥐었다.

풍천이 베개로 동정용왕의 얼굴을 눌렀다.

"으읍, 으으읍……."

동정용왕이 발버둥쳤다.

용서해 준다더니 그게 아니었다. 질식시키려 하고 있었다.

그 상태에서 풍천이 동정용왕의 가슴과 배에 주먹을 꽂아 넣었다.

퍽! 퍽! 퍽! 퍼퍽!

손발을 휘젓던 동정용왕이 이내 축 처졌다.

풍천이 베개를 치웠다.

동정용왕은 미동조차 없었다.

"훗, 죽은 척?"

풍천이 피식 웃었다.

동정용왕이 바로 눈을 깜박였다.

"주군의 안위에 위해를 가하려는 사소한 시도도 하지 말아라. 주군께 불경한 언사도 물론이다. 주군은 나의 생명과도 같고, 나의 전부다."

휘이잉.

한줄기 미풍이 일며 풍천의 모습이 사라졌다.

떠난 것을 알았지만 동정용왕은 그대로 누워 있었다.

서러움이 밀물처럼 밀려왔다.

주르륵.

눈물이 흘러 관자놀이를 따라 귓가로 흘러내렸다.

울어본 적이 언제였던가 기억도 나지 않는다만 눈물을 흘리고 말았다. 울음소리까지 터져 나올 것 같아 이를 악물어야 했다.

그때 부드러운 손이 눈물을 훔쳐 냈다.

"이만한 것이 다행이에요."

부인 홍여화가 말했다.

그녀는 모산 홍가 출신으로, 가문과 의절까지 하며 동정용왕과 사랑에 빠져 부부의 연을 맺었다.

동정용왕이 그녀의 품에 머리를 묻었다.

홍여화가 살며시 끌어안았다.

"악한 자인 것만은 아니에요. 그는 제가 깨어 있는 것도 알고 있었답니다. 최악의 상황이 되면 자결하려고 했는데, 그 의도를 읽고 전음으로 용왕의 목숨을 취하지 않겠다고 말해주었어요. 하지만 다시는 젊은 공자를 건드리지 않는 것이 좋겠어요. 그에겐 진정 생명과 같은 존재 같았으니까요. 누구라도 벨 수 있는, 무슨 일이라도 할 수 있는……."

"으어어엉!"

결국 동정용왕이 울음을 터뜨렸다.

홍여화가 다시 머리를 쓰다듬었다.

* * *

"딸꾹! 꺼어억!"

"어, 임마! 똑바로 걸어!"

"네놈이 부딪쳤잖아."

밤이 깊었지만 동정호 부근은 불야성이었다. 주루마다 등불을 가득 밝히고 취객들은 주루와 거리를 누볐다.

인적이 드문 물가를 따라 거나하게 취한 두 취객이 비틀거리며 걷다가 문득 한 곳을 보며 멈춰 섰다.

"뭐야? 저 어린놈의 새끼가 술을 마시네?"

"살다 살다 내 이런 꼴을 다 보는군. 머리에 피도 안 마른 자식이……."

헛것을 본 것이 아니었다.

두 사람의 시선이 닿는 곳에 한 아이가 술 호리병을 홀짝이고 있었다.

소리를 들었는지 아이가 일어나 자리를 옮겼다.

"야, 너 꼬마 놈! 거기 안 서!"

"죄송하다는 말도 없이 술병만 꼭 쥐고 가네?"

아이는 아무 소리도 듣지 못했다는 듯 그저 걷기만 했다. 평범하게 걷는 걸음이었지만 두 취객은 술기운 탓에 다리가 꼬여 아이를 따라잡을 수가 없었다.

"이 망할 놈아, 네 어미도 너란 놈을 낳고 기뻐했냐?"

"물론 지금은 후회하고 있겠지만… 흐흐흐흐."

한마디씩 던진 두 사람이 배를 움켜쥐고 웃었다.

아이가 걸음을 멈췄다.

그러더니 두 취객을 향해 천천히 걸어왔다.

주루들이 모인 곳과는 꽤 떨어진 지점이라 주변에는 세 사람 외에는 아무도 없었다.

"오냐, 그래야지. 자, 얼른 용서해 주십쇼, 잘못했습니다,

라고 말해보거라."

"그 술병은 이 어르신께 헌납하고."

아이가 손을 치켜들었다.

두 취객이 천진난만하게 웃었다.

"우릴 때릴려고? 아이고, 배야. 적당히 좀 웃겨라."

"우리 아가가 화가 많이 나셨군요. 하하하. 자, 한 대 쳐봐라. 얼마나 아픈지 한번 보자꾸나."

아이가 한숨을 내쉬고는 손을 내렸다.

그 손은 품속으로 들어갔다 나왔고, 어느새 아이의 손에는 손바닥 길이의 침이 들려 있었다.

푸욱!

푹!

때려보라며 얼굴을 내민 두 취객의 귀밑으로 대침이 끝까지 파고들어 갔다가 나왔다.

"앗, 따가워."

"방금 뭐였지? 모기였나?"

취객이 귀 아래를 매만지다 이내 눈동자가 풀리더니 풀썩 앞으로 쓰러졌다.

어린아이가 다시 한숨을 내쉬고 중얼거렸다.

"운이 좋은 줄 알아라."

전광동자는 다시 한적한 곳을 찾아 자리를 잡았다.

원래 일반인의 시비 따위는 신경 쓰지 않는다.

그러나 두 놈은 도가 지나쳤다.

두 목숨을 날려 버리는 것이야 손바닥을 뒤집는 것보다 쉬운 일이었다.

막 숨을 끊어놓으려 할 때, 전광동자의 머릿속에 떠오른 건 무범촌의 만행이었다.

하룻밤 거처에 불과했을 그곳에서 숙소까지 제공한 일반인들을 죽일 필요는 없었다. 그들이 위해를 가한다 해도 우스울 따름이 아니던가.

물론 전광동자 자신도 비강호인을 죽인 적이 있었다.

하지만 장난 삼아 살인을 행하진 않았다.

그런 점에서 두 취객은 죽어도 마땅했다.

결정의 순간 멈춘 것은 이자들을 죽였다간 순전히 소교주와 한패거리로 묶이게 되고 만다는 생각 때문이었다.

그저 그들의 기억을 날려 버린 것으로 끝을 맺었다.

꿀꺽, 꿀꺽.

전광동자가 거칠게 술을 퍼부었다.

기분이 엉망이었다.

두 취객 때문이 아니었다.

소교주가 장강수로채에 둥지를 튼 것 때문도 아니었다.

백룡부 고수들을 언어 삼든, 낚시질을 하든 관심없었다.

문제는 소교주가 아니라, 오마신이었다.

전대 거마들은 이미 도착해야 할 시간을 훌쩍 넘기고 있었다. 늦어도 너무 늦었다. 늑장을 부린다 해도 무한쯤에서는 조우해야 했다.

그들의 자신감이, 그들의 여유가 거슬렸다.

혹시 만리혈향에 문제가 있나 싶어 혈향을 더 짙게 피워봤지만 오마신은 그림자조차 볼 수 없었다.

"망할 영감탱이들아, 이제 이 생활도 지긋지긋하단 말이다! 나도 편안히 쉬고 싶다고!"

신경을 자극하는 것은 오마신의 여유 외에 한 가지가 더 있었다.

소교주의 경공이 부쩍 상승한 것이다.

아니, 어쩌면 원래부터 그러한 경지에 이르러 있었는지도 모른다. 그 생각이 옳다. 갑작스럽게 무공이 증진되는 것이 가당키나 한 일인가.

교에 있을 때부터 소교주는 비밀에 싸여 있었다.

소교주의 성격, 습관, 무공의 성취, 그 어떤 것도 제대로 드러난 것이 없었다.

몇몇의 증언도 중구난방이어서 무엇이 진실인지 가려내기가 힘들었다.

홍염수는 오만하기가 하늘을 찌를 정도라고 했고, 고문술의 대가인 생사객은 소교주를 한 번 접한 뒤, 무력감에 시달리며 진정 잔혹한 분은 소교주라고 했다.

또 한편에서 환희음녀가 증언하길, 소교주는 다정한 분이라고 말했다.

그 때문에 홍염수와 환희음녀는 서로 목숨을 내놓고 결전을 치르기도 했다.

그러나 한 가지는 확실했다.

소교주가 은혼섬을 익혔으며, 오성에 이르렀다는 것.

수련의 난해함이 타의추종을 불허하는 은혼섬이다.

오백 년 전 마교의 지존 천겁광마가 구성의 은혼섬에 이르렀을 때, 마도 제일인자가 되었다. 오성의 성취를 이룬 것은 파격적으로 마흔이 넘었을 때라고 했으니 그것만으로도 소교주의 무공에 대한 자질이 어느 정도인지 짐작해 볼 수 있는 것이다.

그렇기에 더욱더 척살이 결정난 만큼 빠른 제거가 시급했다. 한없이 시간을 지체한다면 최악의 경우 마교의 분열까지 초래할 수 있는 일이었다.

그런 만큼 오마신의 역할은 중요했다.

그들은 정녕 여유를 부려도 너무 부리고 있는 것이다.

짜증이 범벅된 전광동자가 돌멩이를 들어 동정호에 던졌다.

첨벙!

그때였다.

"어린놈의 새끼가 어르신의 명당자리에 앉아서 술을 처마시네? 이놈아, 네 어미아비가 그리 가르치던? 앙?"

뒤쪽에서 들리는 목소리!

누구인지는 중요치 않았다.

전광동자는 확 돌아버렸다.

"이 새끼들이 정말!"

*　　　　*　　　　*

"대단하군, 대단해."

"대단하군."

화월루의 지붕 위!

그림자 속에서 나직한 감탄이 새어 나왔다.

오태산에서 정주로, 정주에서 다시 무범촌을 지나 동정호까지 바쁘게 달려온 유령곡의 특급살수 공령과 추몽자였다.

"강호의 불가사의함이로세."

"정녕 불가사의로세."

그들의 시선이 닿는 곳엔 한 아이가 중년의 거지를 흠씬 패고 있었다. 거지는 나름 반격을 하려는 듯 기를 썼으나 소용이 없었다.

"강호에서 중과 거지를 조심하라는 말은 잘못되었군."

"허허, 정녕 옳은 말이네. 중과 거지에 이어 아이도 조심해야겠네."

그러나 이내 두 사람은 시선을 거뒀다.

놀랍긴 해도 그저 그뿐이었다.

그들은 유령곡의 특급살수였고, 청부 이외에는 하늘이 무너져 내린다고 해도 관심 밖이었다. 설사 갓난아이가 소림 방장을 때려죽이고 있다 해도 청부가 눈앞에 있을 땐 남의 일에 불과했다.

"그나저나 애송이는 참으로 복잡하게 사는군."

"애송이는 복잡하게 사는 운명인가 보네."

"아마도 전생에 도적놈이었지 않을까?"

공령의 말에 추몽자가 클클거리며 웃었다.

녹림에 이어 장강수로채였다. 그것도 환대를 받으며 용왕채에 머물게 될 줄은 예상치 못한 일이었다. 객잔이 아닌 탓에 그들은 기회를 엿보기가 쉽지 않았다.

오태산에 오를 때는 일급살수들의 실패와 생존한 일호의 보고를 토대로 점쟁이로 분하여 접근했지만 현재로서는 정보가 빈약했다.

공령이 말했다.

"내일부터는 움직여 보세. 먼지를 털어봐야지."

"움직여 보세. 털어서 먼지 안 나는 놈은 없는 법이니까."

언제나처럼 추몽자가 공령의 말을 따라 했다.

"철두철미한 자에게도."

공령이 운을 뗐다.

추몽자가 말을 받았다.

"허점은 있게 마련."

"나는 공령이고."

"나는 추몽자."

두 사람은 옅게 웃었다.

공령이 거지 쪽으로 시선을 돌리더니 감탄사를 발했다.

"살아 있군. 기적일세."

"기적이네. 개방의 이름이 헛되지 않음이네."

"원래 거지들이 명이 길다네."

"거지들이 명이 길다니… 부럽군."

"크크크……."

어린아이는 흔적도 없이 사라졌다. 단지 중년 거지만이 살아 있음을 미약한 꿈틀거림으로 증명해 보이고 있었다.

*   *   *

"사부님, 그동안 강녕하셨는지요?"

무상귀가 무릎을 꿇고 머리를 숙였다.

그 뒤로 통천귀와 백발귀도 땅에 머리를 대고 있었다. 모가지가 돌아간 덕분에 뒤통수가 바닥에, 얼굴은 정면을 바라보는 형태였다.

"허허허… 흉물스럽구나."

그들의 앞에 작은 체구의 꼽추가 너털웃음을 터뜨렸다.

온통 백발에 얼굴엔 검버섯이 피어 있어 족히 칠십 세는 되어 보였다.

방 안은 정갈하고 고풍스러운데, 방 안의 네 사람의 모습은 괴이할 따름이었다.

"얼마 만이냐? 널 본 지도 어느덧 오 년이 되어가는구나. 일어나 자리에 앉거라."

무상귀가 자리에 앉고, 통천귀와 백발귀가 뒤쪽에 섰다.

"죄송합니다."

무상귀의 목소리는 무겁게 가라앉아 있었다. 여러 가지 함축적인 의미가 담겨 있었다. 찾아뵙지 못한 것, 또 볼품없는 모습으로 돌아온 것, 사부를 욕되게 한 것 등이었다.

"세상 무서운 줄 모르고 날뛴 모양이로구나. 너를 따르던 녀석들은 여섯인데 어찌 둘만 곁에 있느냐?"

"의제들은 세상을 떠났습니다."

"그자가 너희의 목을 그리한 게냐?"

"그렇습니다. 그 일에 도움을 청하고자 부끄러움을 무릅쓰고 찾아뵙게 되었습니다."

무상귀는 곧바로 그동안의 겪은 일들을 말했다.

의형제나 다름없는 흑룡방주를 돕고자 오태산으로 간 일부터 풍천이라는 자를 쫓게 된 것, 이후 와선신의가 머무는 수렴곡에서의 격돌, 잠력을 폭발해 아우들이 어이없이 세상을 뜬 것으로 이야기를 마쳤다.

꼽추가 고개를 끄덕였다.

"흠, 풍천이라… 그자가 다시 거론되는구나."

무상귀 등이 어리둥절한 표정이 되었다. 풍천은 강호에 전혀 이름이 알려진 자가 아니어서 누구도 모를 것이라고 여겼건만 그 생각은 틀린 것이었다.

특히 무상귀는 사부의 강호 경험이 얼마나 풍부한지 잘 알고 있었기에 기대감이 서린 눈으로 사부의 다음 말을 기다렸다.

꼽추가 고개를 저었다.

"허허, 오해를 일으켰구나. 나도 어제 처음으로 그 이름을 들은 것뿐이다. 풍천이란 자가 배를 탈취한 걸 쫓다가 도리어 수하들이 당하고 말았다. 겨우 한 녀석이 몸을 빼내는 데 성공해 그 사실을 알려왔지. 풍천이라는 이름을 듣고 강호 인물을 떠올려 보았지만 누구인지 전혀 알 수가 없었다. 그런데 네게서 그 이름을 듣게 되는구나."

무상귀는 내심 회심의 미소를 머금었다.

풍천이 손 빠르게도 백룡부를 건드려 준 것이 고마울 지경이었다. 사부를 만나 도움을 청하려는 것이 목적이었는데 풍천은 벌써 백룡부주인 사부를 건드린 것이다.

만약 사부가 나서준다면 풍천의 목숨을 거두는 것은 어려운 일이 아니었다. 그만큼 사부는 보이는 외모가 전부가 아니었다. 물론 그가 세상에서 가장 공경하고 두려워하는 분이기도 했다.

무상귀가 입을 열었다.

"정녕 소란이 끊이지 않는 자입니다. 그자는 녹림채에 머물면서 흑룡방을 학살한 자입니다. 이제 그가 장강수로채에 몸을 맡겼다는 건 흑룡방과 같이 백룡부를 치겠다는 뜻일 겁니다."

"흐음, 그러면 곤란하지. 암, 그런 일이 벌어지면 안 되지. 미리 손을 써놔야겠구나."

무상귀의 얼굴이 환해졌다. 통천귀와 백발귀도 더 이상 소원이 없을 정도로 기쁨이 솟아났다.

"사부님께서 직접 나서신다는 말씀입니까?"

"부주로서 체면은 차려야 하지 않겠느냐? 백룡부주인 내가 어찌 선물을 들고 갈 수 있겠느냐?"

"네? 서, 선물이라시면……?"

무상귀가 눈을 동그랗게 떴다. 모가지가 돌아가 귀가 망가졌나 싶었다. 아니, 어쩌면 선물이 비유일지도 모른다. 죽음의 선물, 피의 선물 등등.

"이 사부는 이제 늙고 힘이 없어 누구와도 다투고 싶지 않구나. 게다가 네 이야기를 들어보니 심히 벅찬 상대가 아니더냐. 이 사부의 아우들도 모두 세상을 떠났고, 나 홀로 남았다. 얼마나 큰 부귀를 누리겠다고 피를 보러 다니겠느냐. 세월을 몸소 겪다 보면 너희도 모든 것이 부질없다는 것을 어느 순간엔 깨닫게 될 게다. 흠, 선물은 무엇이 좋을까……."

무상귀의 안색이 대번에 어두워졌다.

사부의 입에서 목숨을 구걸하듯 선물을 바친다는 말을 듣게 될 줄은 상상조차 못한 일이었다.

당장 자리를 박차고 떠나고 싶었다.

그런 생각은 통천귀와 백발귀도 같은지 옅게 신음성을 흘리고 있었다.

그러나 이대로 떠날 수는 없었다.

"사부님! 제자, 한 가지 청이 있습니다."

"이미 거절했지 않느냐?"

"풍천을 제거하는 일은 저희의 일입니다. 이미 삶에 대한 미련도 없습니다. 사부님께서 목을 바로잡아 주신다면 죽음으로 죽음을 불러와 풍천을 제거할 생각입니다."

"후우, 아직 혈기가 한창이구나. 그 부탁이라면 들어주도록 하마. 자, 어디 보자."

꼽추가 무상귀의 목을 여기저기 매만졌다.

"놀랍구나, 목뼈가 온전히 돌아갔어."

감탄하던 꼽추가 품에서 금갑을 꺼내더니 덮개를 열었다. 안쪽에 작은 은침이 가지런히 놓여 있었다.

그중 세 개를 꺼낸 꼽추가 무상귀의 오른 손바닥과 중지가 만나는 곳, 그리고 손등의 곡지혈에 침을 놓았다.

무상귀는 조급해하지 않고 차분히 결과를 기다렸다.

　사부의 의술은 무공이 고강한 만큼이나 고명하였으며, 한 번 손을 쓰면 반드시 결과를 이끌어내는 분이었다.

　"자, 가볍게 소주천을 해보아라."

　무상귀가 즉시 운기하자 잠시 후 무상귀의 목 부위의 일곱 군데에서 붉은 반점이 떠올랐다.

　꼽추가 노안에 미소를 띠었다.

　"후후, 찾았구나. 예상대로 그자가 남긴 기운이 혈을 붙들고 있었던 게야. 한 가지 묻겠다. 그자는 너희를 제압한 이후 목을 돌린 것이냐? 아니면 제압하는 과정에서 이 모든 것이 이루어진 것이냐?"

　"후자입니다."

　무상귀가 대답했다.

　"허허, 그자의 솜씨가 경이롭구나. 어찌 격전 중에 이토록 복잡한 수법을 펼칠 수 있단 말이더냐."

　꼽추가 감탄하더니 손을 빠르게 놀렸다. 일곱 반점을 일거에 타혈하고는 무상귀의 목을 온전히 돌려놓았다.

　무상귀가 바로 무릎을 꿇었다.

　"감사드립니다, 사부님!"

　꼽추는 이어 통천귀와 백발귀의 목도 정상으로 되돌렸다.

　혈의 위치를 파악한 이상 굳이 침을 꽂을 필요가 없어 바로 진행된 결과였다.

세 사람이 연신 감사의 말을 쏟아낼 때, 꼽추가 나직이 입을 열었다.

 "그자의 솜씨를 확인하고 나니 절로 가슴이 뜨거워지는구나. 연초는 들어라."

 "네, 사부님!"

 무상귀는 자신의 가슴도 뛰는 것을 느꼈다. 풍천의 재간이 사부님의 호승심에 불을 당긴 것이다.

 꼽추가 말했다.

 "가슴이 뜨거워지긴 오랜만의 일이지. 심장마저 두근거리는구나. 지금 이 자리에서 약속하거라."

 "물론입니다. 말씀하십시오, 사부님!"

 무상귀가 거침없이 답했다.

 꼽추가 얼굴을 가까이 들이밀었다. 숨결마저 느껴질 정도로 지척이었다.

 "죽더라도 결단코 이 사부를 들먹이지 말거라. 알겠느냐? 이 사부는 오래 살고 싶구나."

第十一章
녹림재회

전전
　증증
마교교주

정오가 다가올 무렵, 용왕채로 새로운 손님들이 찾아왔다.
동정용왕은 몸소 그들을 맞아들였다.
격식에 따라 이인자인 초수태공과 아홉 명의 채주가 그 뒤를 따랐다.
"오랜만이군."
동정용왕이 손을 뻗었다.
"반갑군."
녹림왕이 손을 잡았다.
처억!
녹림과 장강의 두 거인의 만남!

두 사람의 몸에서 뿜어져 나오는 기세가 주변을 압도했다.

그저 손을 맞잡은 것에 불과했지만 뭉클한 감동까지 전해질 정도였다.

동정용왕과 녹림왕이 앞서 걷고, 그 뒤를 장강과 녹림의 수뇌들이 묵직하게 걸음을 옮겼다.

두 거인의 존재감에 그 누구도 감히 입을 열지 못했다.

그러나,

[너, 허튼짓은 안 했겠지?]

녹림왕이 전음을 발했다.

동정용왕이 바로 대답했다.

[말도 마라. 설명이 길다.]

[쯧쯧, 사람이 말을 하면 좀 믿어라.]

[이야기는 천천히 하자. 묻고 싶은 것도 많으니까.]

[하긴. 유강이하고 풍천은 어디에 있냐?]

[어디에 있겠냐?]

[용왕각?]

[그래.]

[하하, 처신 잘하고 있구나. 용왕각으로 가자. 수하들은 모두 보내라. 흉한 꼴 보이고 싶지 않다.]

녹림왕이 화통하게 웃었다. 하지만 그것은 어디까지나 전음에서일 뿐 겉으로 드러난 모습은 위엄이 서린 모습이었다.

[내 앞에서 흉한 꼴 언급하지 마라. 어제 뺨 맞고 뒹굴었으

니까.]

[서운해하지 마라. 나도 맞았으니까.]

[하하, 정말이냐?]

[다행이다 이거냐?]

[크크, 억울함이 좀 가시네.]

[잔소리 말고 애들이나 치워.]

[초수태공만 두고 보내도록 하마.]

용왕각 앞에 멈춘 동정용왕이 채주들을 돌려보냈다.

채주들은 녹림왕을 향해 가볍게 목례로 절도있게 예를 표한 후 돌아갔다.

손약란이 기다렸다는 듯 쪼르르 동정용왕 곁으로 다가왔다.

"허허, 약란이 너는 천상의 미녀가 다 되었구나."

"고마워요, 아저씨. 아저씨도 잘 지내셨어요?"

"물론이다."

말투가 예전과 전혀 달라지지 않았다. 녹림왕이 포기한 걸 자신이 고칠 수는 없는 일이었다.

"와, 잘 지내시다니 놀랍네요. 싸다구 맞았을 것이라고 생각했는데. 아버지는 맞았거든요. 워우, 역시 동정용왕이 세긴 세구나."

녹림왕의 안색이 퀭해졌다.

동정용왕도 상대적인 칭찬을 받고 있었지만 전혀 기쁘지

않았다. 녹림왕의 딸만 아니라면 눈앞에서 버젓이 살아 움직일 수는 없는 일이었다.

"말을 가려서 하시게."

보다 못한 초수태공이 한마디 넌지시 던졌다.

동정용왕이 손을 저었다.

"개의치 마라."

손약란이 초수태공을 향해 한쪽 눈을 찡긋했다.

내가 이 정도라는 뿌듯함이 묻어 있었다.

"주군을 뵙습니다. 무탈하셨는지요."

녹림왕이 마교 정예처럼 부복했다. 그 뒤쪽으로 익숙한 얼굴인 은염교와 공추상, 그리고 손약란이 보였다.

도유강이 눈살을 찌푸렸다.

서신을 보낸 것이야 그렇다 쳐도 직접 올 것이라고는 전혀 생각지 못했다. 이 인간들과 긴 시간을 함께 보냈지만 그리웠거나 기억에 남는 멋진 추억 따윈 전혀 없었다.

뭘 어떻게 해도 반가울 것이 없는 것이다. 그저 도적놈들의 숫자가 늘어난 것뿐이었다.

"일어나라."

"존명!"

녹림왕 등이 일제히 목소리를 맞추며 일어섰다.

옆에 서 있던 동정용왕은 흠칫 놀라며 뜨악하게 벌어지려는 입술의 반응에 이를 악물었다.

'뭐냐? 마교였냐? 존명이라고 해야 하는 거였어?'

게다가 오랫동안 말을 맞춰온 듯 화음이 예술이었다.

"가까이 오라."

도유강이 말했다.

도유강의 입장에선 대체 무슨 수작인지 내막을 캐내야 했다. 비상식적인 행동에는 필시 그 이면에 불행과 재앙이 개입되어 있게 마련이다. 풍천과 자신이 오태산을 떠난 것에 감격해하던 모습이 아직도 눈에 생생했다.

모두 가까이 이르렀을 때, 불쑥 손약란이 덮쳐 왔다.

도유강이 어찌 피할 사이도 없이 손약란은 헤어진 정인을 다시 만난 듯 꼬옥 끌어안았다.

와락!

"주군아, 잘 지낸 거야? 인사가 딱딱했지? 그동안 나 보고 싶어서 어떻게 지냈어?"

녹림왕 등의 표정이 대번에 어두워졌다.

동정용왕도 얼떨떨하니 바라봤다.

도유강이 친절히 대답했다.

"당장 떨어져라!"

손약란이 슬며시 몸을 뗐다.

"호호호, 쑥스럽구나."

이어 손약란은 풍천을 향해 두 팔을 벌리고 달려들었다.

"풍천님~"

풍천이 반갑게 손을 뻗었다.

쫘악!

"케엑, 켁!"

풍천이 손약란의 목줄기를 잡고 들어 올렸다.

손약란이 살아보겠다고 허공에서 발버둥쳤다.

"얌전히 있어라."

풍천이 손약란을 휴지 버리듯 팽개쳤다.

철퍼덕.

풍천이 녹림왕을 보며 말을 이었다.

"녹림이 어인 일이냐? 주군께서는 소란을 원치 않으시거늘 왜 날파리처럼 기어들어 온 것이냐?"

즉시 날파리의 수장이 머리를 조아렸다.

"저희는 주군이 떠나신 후 죄스러움을 금할 길이 없었습니다. 계실 때는 몰랐으나 영명하신 주군께서 머무는 것이 얼마나 큰 은혜이며 축복인지 떠나신 뒤에야 비로소 깨달은 것입니다. 못다 한 충성과 공경을 드리고자 먼 길을 마다치 않고 달려온 것입니다."

풍천이 고개를 끄덕였다.

"후후, 아주 어리석진 않구나. 주군과 함께라면 그곳이 곧 낙원임을 뒤늦게라도 깨닫다니. 너희의 목숨은 주군의 것! 주군의 뜻에 따라 생사를 결정할 것이다."

풍천이 돌아섰다.

"주군, 명을 내려주십시오."

도유강은 헛웃음이 나오려는 것을 애써 참고 있는 중이었다. 녹림왕이 돌아버렸다면 이해할 수 있겠으나 정신이 멀쩡한 상태에서 충성과 공경 운운하는 것은 기만일 뿐이었다.

"녹림왕은 들어라. 이곳에 온 목적을 사실대로 말하라. 방금처럼 또 허튼소리를 늘어놓는다면 후회할 기회조차 얻지 못할 것이다."

도유강의 말이 떨어지기 무섭게 풍천이 검을 뽑았다.

스릉!

척!

녹림왕의 목에 검이 겨눠졌다.

녹림왕은 다른 선택의 여지가 없음을 깨닫고 바로 이실직고했다.

"용서하십시오. 저희는 쫓기고 있습니다."

이후 녹림토벌대가 결성되었고, 여기저기서 강호의 고수들이 연합하여 각 녹림산채를 초토화시키고 있다고 고했다.

녹림 수뇌부에 현상금이 붙은 것이며, 토벌대의 배후로 와선신의가 의심된다는 점, 세상 어디에도 의지할 곳이 없어 영명하신 주군께 의지하고자 찾아뵙게 되었다는 것으로 이야기를 마쳤다.

"녹림토벌대라……."

도유강은 마음속 깊이 한숨을 내쉬었다.

이 도적놈들은 역시 사람을 실망시키지 않았다.

일이 생각지도 못한 곳에서 커지고 있었다. 잘하면 녹림으로 인해 녹림토벌대의 추격을 받는 몸이 될 공산이 컸다.

그렇지 않아도 살수들의 추격이며, 마교의 대응이 신경 쓰이는 마당에 더 큰 재앙 덩어리를 몰고 온 것이다.

녹림토벌대 정도라면 규모도 클 터이고, 만약 그들이 들이닥친다면 풍천이 방관할 리 만무했다. 어쩌면 전 무림 고수들에게 쫓길 수도 있었다.

이 순간 가장 좋은 방법은 녹림왕 등을 죽이는 길뿐이었다.

아니나 다를까, 풍천이 바로 의견을 냈다.

"주군, 아무래도 죽여 버리는 것이 낫겠습니다."

녹림왕 등의 안색이 백지장처럼 하얗게 질려 버렸다. 살아 보겠다고 온 길이 저승길이 될 순간이었다.

동정용왕도 이 갑작스러운 전개에 눈이 휘둥그레졌다.

"아니다."

도유강이 손을 저었다.

곤란함을 면하자고 죽일 수는 없는 노릇이다.

싫든 좋든 함께한 시간이 적지 않았다.

정이 들었다고 하기엔 과하나 또 내치기엔 마음이 편치 않았다. 그나마 고심 끝에 유일하게 떠오른 의지처랍시고 이곳까지 온 것이 아니던가.

녹림왕이 권위를 버리고 상인 차림으로 분장한 것만으로도 그 갈등의 깊이가 어느 정도인지 헤아릴 수 있었다.

"녹림왕!"

"하명하십시오."

"명심해라. 긴장을 풀지 말고 은둔하라. 섣부른 행동으로 스스로를 노출시킬 경우, 그땐 녹림토벌대보다 풍천의 검이 빠름을 알게 될 것이다."

스윽!

풍천이 검을 거뒀다.

녹림왕 등이 일제히 한목소리로 외쳤다.

"존명! 하해와 같은 성은에 감사드립니다. 천세 천세 천천세! 만세 만세 만만세!"

다시금 동정용왕의 몸이 엉거주춤하게 변했다.

'천천세 만만세?'

장강과 녹림의 수뇌는 별실에서 자리를 함께했다.

장강수로채에서는 다음 서열인 초수태공만이 동정용왕 곁을 지켰다.

지옥과 극락을 왕복한 녹림왕 등은 술을 벌컥거리며 울화를 식히고 있었다.

"상인 차림이 의외로 잘 어울리십니다."

초수태공이 넌지시 말을 건넸다.

비웃는 투는 아니었으나 결코 듣기 좋은 말은 아니었다.

녹림왕은 못 들은 척 대수롭지 않게 술을 마셨으나 은염교와 공추상이 굳은 얼굴로 비딱하게 쳐다봤다.

초수태공이 말을 이었다.

"워낙 목소리가 커서 그만 듣고 말았습니다. 존명을 외치시는 발음이 어찌나 또렷한지 놀랐습니다. 거기에 천천세만만세라니요. 하하하, 저로선 내공의 심후함에 사뭇 놀라움을 금치 못……."

은염교와 공추상이 자리를 박차고 일어났다.

그러나 그보다 빠른 건 동정용왕이었다.

쾅!

용왕이 초수태공의 머리를 잡고 탁자에 찍어버렸다.

"이 새끼가 듣자 듣자 하니까!"

쾅, 쾅, 쾅!

초수태공이 헝겊 인형처럼 들렸다 찍혔다 했다.

동정용왕은 그것으로는 성이 풀리지 않는지 발로 차 넘어뜨린 후, 짓밟기 시작했다.

그 기세가 얼마나 살벌한지 은염교와 공추상이 슬며시 자리에 앉았다.

허장성세가 아니었다.

정녕 동정용왕은 화가 머리끝까지 솟아 있었다.

만약 화홍독에 두 놈이 죽었다면 동정용왕은 초수태공과

더불어 실컷 비웃어주었을 터였다. 그러나 두 놈은 만독불침이었고, 지난밤에는 풍천의 검이 눈동자를 겨누었다.

베개에 짓눌린 채 얻어맞은 가슴과 배가 아직도 욱신거리고 있었다. 일말의 저항 의식도 지난밤으로 깨끗이 날아간 지금 녹림왕의 심정을 십분 이해하게 된 동정용왕인 것이다.

만약 풍천이 '넌 왜 말이 없지?'라는 한마디를 던졌다면 바로 존명을 외쳤을 상황이었다.

"그만 해라. 죽일 작정이냐?"

녹림왕이 말했다.

손약란도 안 되겠다고 생각했는지 자리에서 일어났다.

"아저씨, 그만 하세요."

동정용왕이 몇 번 더 걷어찬 다음 물러났다.

"호호, 그래요. 자리에 앉으세요."

손약란이 의자까지 안내한 후 돌아섰다.

"호호호, 이제부터 제가 할게요."

"응?"

동정용왕의 눈이 커졌다.

그러나 이미 늦었다. 손약란은 벌써 발을 날리고 있었다.

부웅!

"이 새끼야, 죽어버려!"

간신히 몸을 일으키려던 초수태공이었다.

가공할 발길질이 복부에 꽂히고, 끄악 하는 비명 소리와 함께 초수태공의 몸이 실 끊어진 연처럼 문 쪽으로 날아갔다.

막 문을 열고 들어오려던 구양수가 신형을 솟구쳐 초수태공을 피했다.

초수태공은 문 바깥벽에 부딪치고 고통스럽게 꿈틀거렸다.

"이 개자식! 한 번만 더 혓바닥을 함부로 놀리면 그땐 죽여버릴 테다!"

손약란이 꽥 소리를 지르고 동정용왕을 향해 돌아섰다.

어느새 그녀는 꽃 같은 미소를 띠고 있었다.

천상의 미모에서 나오는 아름다운 미소!

"아저씨, 안심하세요. 죽지는 않았어요."

동정용왕의 안색이 똥 씹은 표정으로 변했고, 녹림왕 등은 실소를 머금었다.

문 앞에 선 구양수가 상황 파악을 하려는지 동정용왕 쪽과 초수태공을 번갈아 바라봤다. 아버지는 한숨을 내쉬고 있을 뿐이었다. 문제는 초수태공이었다.

초수태공은 간절한 눈빛으로 구원을 요청하고 있었다.

구양수가 물끄러미 바라보다 손을 뻗었다.

문손잡이를 잡은 구양수가 천천히 문을 닫았다. 초수태공이 이럴 수는 없다는 듯 눈을 부릅떴으나 곧이어 탁, 소리와 함께 버려졌다.

구양수가 녹림왕에게 배꼽인사를 건넸다.

"장강수로채의 구양수가 녹림왕을 뵙습니다."

녹림왕이 대번에 웃음을 띠고 동정용왕을 쳐다봤다.

"구양수? 하하하, 이 녀석이 벌써 이리 큰 것이냐?"

"벌써라니. 이미 어른이 된 지 오래다."

구양수는 돌아가면서 녹림 수뇌에게 인사를 올렸다.

손약란이 한쪽 입가를 올리며 고개를 갸우뚱거렸다.

"아저씨! 얘 아들 맞아요? 이렇게 예의가 발라도 되는 거예요? 나랑 다섯 살 차이밖에 안 나는데 이쯤 되면 쌍욕이 입에 주렁주렁 달려야 하는 거잖아요? 이상해요. 무슨 명문세가의 자제 같잖아요!"

"다 네 덕분이다. 그것 하나만은 고맙게 생각하고 있다."

동정용왕이 말했다.

"저요?"

손약란이 어깨를 으쓱했다.

녹림왕도 '오호' 하는 표정이 되었다. 손약란이 누군가에게 좋은 교훈이 된다는 사실이 뿌듯하기 그지없었다.

동정용왕이 말했다.

"사 년 전이었더냐. 널 보고 나니 걱정이 태산 같더구나. 장강수로채에서 듣고 보는 것이 험한 것뿐일 테니 아들놈이 제이의 손약란이 될 것 같았지. 그건 막고 싶었단다. 안사람이 애를 많이 쓰기도 했고."

녹림왕 등이 그럼 그렇지 하며 술병을 잡고 나발을 불었다.

손약란은 벌레 씹은 표정이 되어 '씨발, 내가 어쩌다가 이 지경이 되었을까' 라고 중얼거렸다.

"장강은 별 탈이 없어 보인다만……."

녹림왕이 운을 뗐다.

"그리 보이는 것뿐이지."

동정용왕이 화홍독과 철관 이야기를 늘어놓았다. 간밤의 사건은 차마 치욕스러워 말을 꺼내지 못했다.

녹림왕이 바로 혀를 찼다.

"쯧쯧, 그렇게 경거망동하지 말라고 누누이 적어 보냈거늘. 이제 유강이도 면역이 생긴 모양이군."

"면역?"

"화홍독은 이미 우리도 썼었다. 그 덕분에 와선신의를 잡으러 간다고 난리도 아니었지. 항산을 하룻 동안 일곱 바퀴나 돌았으니까."

이후 녹림왕은 오태산에서 벌어진 일들을 이야기했다.

동정용왕은 안색이 창백하게 변했다가 심각하게 고개를 끄덕였다가 하더니, 이야기가 무산칠귀의 잠력 격발에 이르자 기도 안 찬다는 표정이 되었다.

다른 때 같았으면 흥미로웠을 이야기였다. 몇 번이고 웃을 수 있는 대목이 있었다. 하지만 그 모든 일의 원흉이 장강수로채에 똬리를 틀고 있었다.

그나마 녹림의 경고가 없었다면 장강수로채는 녹림의 전

철을 그대로 밟거나 심각한 재앙을 당하고 말았을 터.

"그놈의 정체가 뭐냐?"

가장 궁금해하던 것이었다.

녹림왕이 고개를 저었다.

"미안하다. 모른다."

"전혀?"

"전혀."

"허, 거참. 대답이 너무 깔끔하잖냐!"

동정용왕은 실망을 금치 못했다.

누구인지 알아야 약점을 찾고 대응책이라도 마련할 터인데, 이건 무슨 귀신 놀음인지 이해할 수가 없었다.

가문도, 문파도, 강호를 종횡하는 이유도 모른다.

도대체 이곳에서 무엇을 하려는 것인가?

"지금부터라도 알아봐야겠군."

"호기심은 접어둬라. 상대가 안 좋아. 괜히 파고들다가 되려 눈알이 파이는 수가 있어."

동정용왕이 끙 소리를 냈다. 눈알이 거론되자, 지난밤이 떠올라 의욕이 한순간에 사라졌다.

그때 불쑥 구양수가 입을 열었다.

"아버님, 소자가 한 말씀 올리겠습니다."

"말해보거라."

"오태산의 흑룡방 전례를 볼 때, 백룡부도 이 기회에 강호에서 지울 수 있지 않을는지요?"

"풍천을 이용해 백룡부를 쓸어버린다라… 매우 좋은 생각이로구나."

"그렇습니다. 백룡부의 칠당주 등무극이 우리에게 있으니 그를 이용하면 일이 쉽게 풀리리라 생각합니다."

"하하하, 등무극의 목을 잘라 백룡부에 보낸다면 도발해 올 터. 그 순간이 놈들의 최후가 되겠구나."

구양수가 빙긋 웃었다.

손약란이 박수를 쳤다.

"와아, 기발한데?"

"클클, 예절 바른 놈이 더 무섭구나."

녹림왕도 기가 막힌지 웃고는 말을 이었다.

"한 가지 주의는 해야 할 게다. 등무극인지 뭔지의 목을 치기 전에 의논하는 척이라도 하는 게 좋아. 유강이 놈이 변덕이 죽 끓듯 하거든. 기분에 따라 죽이고 살리고 제 마음인 녀석이야."

"흠, 그렇게 하마."

그렇게 대충 이야기를 정리할 무렵이었다.

밖에서 한 목소리가 쩌렁 하고 울렸다.

"이놈! 넌 왜 복도에서 혼자 부들거리고 있는 것이냐!"

풍천이었다.

모두들 기겁해서 벌떡 기립했다.

오직 손약란만이 반색을 하고 문 쪽으로 달려갔다.

"풍천님!"

쿵!

문이 거칠게 열리면서 손약란이 문에 맞고 튕겨 나갔다.

"캬악!"

철퍼덕.

풍천이 뚜벅뚜벅 걸어와 녹림왕의 앞에 섰다.

"하명하실 일이라도……."

"주군의 말씀을 곰곰이 생각해 보았다."

녹림왕 등의 안색이 싹 변했다. 이 인간은 곰곰이 생각하면 안 되는 인간이었다. 순식간에 공포가 스멀거리며 방 안을 채워 나갔다.

풍천이 말을 이었다.

"최대한 노출이 되지 않으려면 방법은 역시 한 가지뿐."

녹림왕과 수뇌부가 몸을 부들부들 떨었다.

'…죽고 마는구나.'

"이 시간부로 너희는 모두 여장을 한다."

휴우, 모두는 내심 안도의 한숨을 내쉬었다. 서럽고 더럽긴 해도 죽는 것보다는 여장이 백번 나았다.

"저는요?"

어느새 몸을 추스른 손약란이 물었다.

"몰라서 묻느냐! 넌 남장이다."

"존명!"

손약란이 씩씩하게 답하고는 녹림왕을 향해 속삭였다.
"아버지! 뭐 해?"
그제야 녹림왕 등이 큰 소리로 존명을 외쳤다.
풍천은 이번엔 동정용왕에게 시선을 던졌다.
"너는 내일부터 할 일이 있다."
"하명하십시오."
"주군께서는 자맥질을 배우실 것이다. 정확히는 잠영이다. 네가 하루 두 시진씩 그 영광을 누리도록 하라."
"잠영은 무슨 까닭 때문이신지요?"
풍천이 미간을 좁혔다.
구양수가 속삭였다.
"아버님!"
동정용왕이 크게 외치며 머리를 숙였다.
"존명!"

第十二章
백룡부? 백룡부! 백! 룡! 부!

전전긍긍
마교교주

해가 뉘엿뉘엿 지고 있었다.

장강수로채에 도착한 지도 어느덧 사흘의 시간이 흘러가고 있는 것이다.

고작 사흘! 그렇다. 삼 년이 아니었다.

도유강은 정말이지 장강수로채에 수년간은 머문 느낌이었다. 풍천과 함께 지내다 보면 괴이하게도 하루가 천 년같이 되고 마는 것이다.

"피곤하군……."

정오가 막 지나면서 두 번째 안배를 향한 길은 시작되었다.

동정용왕은 이론적으로 먼저 자맥질에 대해 설명한 뒤, 시범을 보였다. 처음엔 막막해 보였으나 한 시진이 지나면서 조금 흉내는 낼 수 있게 되었다. 무공 초식이라 생각하고 그 동작을 기억해 그대로 펼치면 되는 것이었다.

동정용왕은 극찬을 늘어놓았다.

당연했다.

옆에 풍천이 버티고 있었으니까.

그렇게 두 시진을 채우고 나니 피곤한 것도 피곤한 것이었지만 문득 든 생각은 왜 굳이 이런 과정을 익혀야 하는가였다.

첫 번째 안배처도 물속만큼이나 난해한 곳이었다.

절벽 중간의 기문진식을 뚫고 들어가야 했다. 그곳에 들어가기 위해 기문해법을 배우거나 절벽을 타는 훈련을 받은 것은 아니었다.

그런 점에서 두 번째 안배를 얻음에도 풍천이 동행한다면 아무런 문제도 없는 것이 아니겠는가! 그저 오랫동안 숨을 참고 있기만 하면 되는 것이다.

"흐음… 풍천 이놈이 무슨 수작을 부리려는 것일까. 캐물어 봐야겠군."

아무래도 수상쩍었다.

그때 마침 밖에서 풍천의 목소리가 들려왔다.

"주군을 뵙습니다."

"들어오라."

풍천이 들어와 머리를 조아렸다.

"주군께 보여 드릴 것이 있습니다."

"무엇이냐?"

풍천이 문밖을 향해 짧게 말했다.

"모두 안으로 들라."

도유강이 뭔가 하고 의자에서 상체를 당겼다.

세 명의 중년 여인이 차례로 들어왔다. 모두 어깨가 떡 벌어진 거구의 여인들이었다. 치마를 입었고, 입술에 붉은 칠을 했으니 분명 여인들이 틀림없었다. 눈썹도 다듬은 모양이었다.

어찌 몰라보겠는가. 그들은 녹림왕과 은염교, 그리고 공추상이었다.

도유강은 이를 악물었다. 웃으면 안 된다.

재앙을 피해 장강에 온 그들은 또다시 생애 최초의 체험을 하고 있었다. 그들의 마음을 헤아려서라도 결코 웃어선 안 되는 일이었다. 큰 상처를 주고 만다.

풍천이 손으로 턱을 어루만졌다.

도유강의 표정을 해석하려는 것이었다.

그러다 결국 해독이 안 되는지 질문을 던졌다.

"주군, 마음에 들지 않으시는지요?"

도유강이 눈을 부릅뜨고, 뺨을 실룩였다. 정녕 웃음을 참는 것이 이렇게 힘든 줄 몰랐다.

그러나 그 모습은 풍천이나 녹림왕 등에겐 화가 나 견딜 수 없는 것처럼 보였다.

괜히 불똥이 튈까 봐 녹림왕이 서둘러 말했다.

"저희는 최선을 다했습니다. 마음에 들지 않으신다면 화장을 짙게 하고, 옷을 바꿔보도록 하겠습니다."

결국 도유강은 의지가 꺾이고 말았다.

"푸하하하하! 푸하하하하!"

참았던 웃음이 한꺼번에 터져 버린 탓에 의자에서 굴러 떨어졌다. 배꼽을 움켜쥐고 박장대소하는 모습에 녹림왕 등이 얼떨떨한 표정을 지었다.

방금 전까지 머리꼭대기까지 화난 표정을 하더니만 이번엔 또 처웃고 있었다. 정말이지 종잡을 수 없는 인간이었다.

풍천이 멍하니 바라보다가 천천히 따라 웃기 시작했다.

"하하하하! 주군께서 이리 기뻐하시다니. 너희에게 상이라도 내려야겠구나."

"푸하하하하!"

도유강은 웃음을 그칠 줄 몰랐다. 풍천도 도유강과 녹림왕 등을 번갈아 보면서 웃어댔다.

반면 녹림왕 등은 서러움에 겨워 눈물이 날 지경이었다.

괜히 왔다. 오는 게 아니었다. 차라리 북해로 달아날 것을, 이라는 후회가 폭풍처럼 밀려들었다.

"하하하하······!"

풍천이 웃으며 녹림왕에게 다가와 귀에 대고 소곤거렸다.

"웃어라."

녹림왕이 의문스럽게 쳐다봤다.

다시 풍천이 잽싸게 속삭였다.

"분위기 파악 못해! 죽고 싶은 것이냐!"

"하하하하……."

녹림왕이 억지로 웃기 시작했다. 은염교와 공추상도 목소리를 들었던지라 살기 위해 웃어댔다. 심각한데 왜 웃어야 하냐며, 몸이 거부반응을 일으켜 안면 근육이 부르르 떨렸다.

어쨌든 방 안은 순식간에 웃음바다가 되었다.

도유강이 꺼이꺼이, 거리다가 의자를 붙들고 호흡을 조절했다.

"이게 아닌데……."

풍천의 표정이 다시 무표정으로 돌아왔다. 웃음도 순식간에 사라졌다.

"이제 그만."

얼른 녹림왕 등을 향해 웃음을 그치라고 명했다.

도유강이 의자에 앉으려다 다시 녹림왕 등을 흘깃 보았다.

다시 폭발!

"푸하하하, 푸하하하하… 아이고, 배야……."

풍천이 다시 따라 웃기 시작했다.

녹림왕 등도 뭘 해야 할지 바로 알아차렸다.

"하하하하!"

"하하하하!"

"하하하하!"

그때 남장을 하고 손약란이 들어왔다. 그 뒤로 동정용왕이 조심스럽게 안으로 들어섰다.

"주군, 저 남장했답니……."

그녀는 바닥을 구르며 웃고 있는 도유강을 보고 말을 멈췄다. 풍천도 웃고 있었고, 세 여인도 웃고 있었다.

손약란의 안색이 딱딱하게 굳어졌다.

녹림왕은 억지로 웃으면서 손약란을 보고는 역시 딸이라고 생각했다. 피는 물보다 진한 것이었다. 명언이었다. 그 곁에 선 동정용왕은 입을 처막고 웃음을 참느라 안간힘을 쓰고 있었으니까.

그때 손약란이 입을 열었다.

"셋 중에 누가 녹림왕이신지요?"

대답한 건 풍천이었다.

"못 알아보겠다는 것이냐? 내가 친히 분장시켰다."

"꺄악, 풍천님 최고세요. 깔깔깔……."

손약란이 방방 뛰며 웃어댔다.

"후우……."

녹림왕의 안색이 급변했다. 실망은 은염교와 공추상도 마찬가지여서 세 사람의 얼굴은 시체처럼 굳어져 버렸다.

풍천이 다가와 다시금 속삭였다.

"이 새끼들아, 웃으라고 했을 텐데."

세 사람은 살기 위해 웃었다.

그런데…….

왜 눈물이 흐르는지는 알 수 없었다.

*   *   *

석양이 물 위에 짙게 드리웠다.

"주군, 이곳입니다."

풍천이 배 옆을 가리켰다.

도유강이 안배에 대해 묻자 풍천이 이곳으로 인도했다.

배 위에는 도유강과 풍천 두 사람뿐이었다.

"그림자로군."

도유강이 나직이 중얼거렸다.

풍천이 다른 때와 달리 서두른 이유가 이해되었다.

동정호의 유일한 섬, 군산의 종탑 형태가 납작한 그림자로 음영을 띠고 있었다.

"이 그림자가 안배의 표시가 되는 셈이더냐?"

"영명하십니다. 석양 때가 되어서야 비로소 그 지점을 명확히 알 수 있습니다."

"궁금한 것이 있다."

"주군, 말씀하십시오."

"지주현공을 취할 때 너는 나를 안고 절벽을 뛰어내렸다. 기문진식을 연 것도 너였으며, 난 그저 그 길을 따라 들어갔을 뿐이다. 그런데 어찌하여 두 번째 안배에 있어서는 마치 나 홀로 안배 장소에 들어갈 것처럼 잠영을 익혀야만 한다는 것이냐?"

"주군의 짐작대로입니다. 두 번째 안배는 주군 홀로 들어가셔야 합니다."

도유강이 고개를 끄덕였다.

"역시 그랬구나. 연유는 무엇이냐?"

한시라도 자신과 떨어지면 불안해 견디지 못하는 풍천이었다. 또한 풍천은 안배가 제아무리 천하무적의 무공이라 해도 취하지 않을 만큼 마음이 한결같았다.

여기에는 필시 불가항력적인 이유가 있음이 분명했다.

풍천이 입을 열었다.

"두 번째 안배는 마공을 익힌 자의 접근이 불가하기 때문입니다."

도유강은 순간 잘못 들었나 싶었다.

"말도 안 되는 소리다!"

그 뜻은 첫 번째 안배에 이어 두 번째 안배 또한 정파의 고인이 남겨놓은 무공이라는 뜻이었다.

"사실입니다. 소인은 수심 사 장여까지가 한계입니다. 그 이상 나아가 보려 했으나 진동이 격해지면서 수중 지반이 붕괴되려 한 탓에 더 이상 나아갈 수 없었습니다."

"도대체 이 안배들의 정체는 무엇이냐? 지주현자도 정도인을 자처하더니 두 번째 안배 또한 마인을 거부한다면 이걸 어찌 아버지가 남기신 안배라고 믿을 수 있단 말이냐!"

"아수라천마님의 안배임은 주지의 사실입니다."

"아버지가 어찌 정파의 무공을… 네 생각은 어떠하냐? 지존의 길을 완성함이 정파의 고절한 무공을 기반한다는 것이 납득이 되느냐 말이다."

"주군, 죄송합니다. 소인은 스스로 납득할 필요가 없습니다. 그저 따를 뿐, 이미 결정이 내려진 사안입니다."

"망할, 그러니까 이 안배들의 정체가 무엇이냔 말이다!"

"소인은… 모르옵니다."

"흥!"

도유강은 코웃음을 쳤다. 물론 나쁠 건 없다. 마공이 아닌 정도의 무공이라면 평범한 삶을 살아감에도 겉으로 드러나지 않을 터. 하나 호기심이 이는 것은 어쩔 수 없었다. 그것도 안배는 모두 합해 일곱 개나 되지 않는가 말이다.

그때 불쑥 한 생각이 치고 올라왔다.

"흠, 그렇군. 아버지가 은혼섬만을 익히게 하신 이유를 이제야 알겠구나. 운용심공인 능운무상공도 정공이고."

마교 내에서 알려진 은혼섬은 오백 년 전 천겁광마의 절기라는 것이어서 그 별호와 위명만으로 마성을 자극하는 마공이라고 생각하는 이들이 태반이었다.

처음 도유강도 당연히 그렇게 생각했었다.

하나 은혼섬을 익히면서 느낀 점은 지극히 순전한 무공일 뿐 아니라 어검술을 거쳐, 종국에는 심검의 길을 지향하고 있다는 것이었다. 이는 마치 정통 검종의 길을 걷는 정파의 지향점과 일치했다.

풍천이 말했다.

"주군의 말씀처럼 은혼섬은 마공이 아닙니다. 그러나 그 이면의 아수라천마님의 의도는 짐작할 권한이 제겐 없습니다. 용서하십시오."

도유강은 인상을 찡그렸다. 차라리 벽에 대고 이야기를 하는 것이 낫겠다 싶었다. 알고 있다고 해도 풍천이 입을 다물기로 마음을 먹었다면 채근한다 해도 입만 아플 뿐이었다.

풍천은 자신에게보다 이미 돌아가신 아버지를 향한 충성심이 더욱 컸다.

무엇이든 선대의 명령이 현 시대의 것보다 우선이었다.

'이 의문은 내 스스로 푸는 수밖에 없겠구나. 정파의 무공이라니… 마도의 전설이셨던 분의 안배라고는 믿기 어렵지 않은가. 아버지, 아버지는 무슨 일을 꾸미신 겁니까?'

아버지의 대답은 없었다.

도유강이 말했다.

"그럼 결국 넌 두 번째 안배처에 들어가지 못했다는 것이로구나. 안배가 확실한지 알 수가 없다는 것으로 해석해도 되는 것이냐?"

"안배는 확실합니다. 저는 들어가지 못하였으나 전략적으로 정파의 무공만을 익힌 청파검이 저를 대신하여 두 번째 안배를 살펴보고 왔기 때문입니다."

"휘우……."

도유강이 휘파람을 불었다.

역시 철두철미했다. 대충이란 것은 애초에 존재하지도 않는 모양이었다. 전략적이란 단어에서 아버지가 일곱 안배에 대해 얼마나 심혈을 기울였는지 읽어낼 수 있었다.

"청파검이라… 그도 내 사람이란 뜻이로구나."

"그러합니다. 교 내에서 안배에 대한 비밀을 아는 자는 오로지 세 사람으로 소인과 청파검, 그리고 한 사람이 더 있을 뿐입니다."

"누구냐?"

"아직 말씀드릴 수 없습니다."

"후후, 아버지의 명이겠지?"

"용서하십시오."

"좋다. 그럼 청파검은 지금 어디에 있느냐?"

"그는 현재 교 내의 마옥에 갇혀 있습니다."

너무도 태연한 말에 도유강이 눈을 부릅떴다.

"무슨 소리냐? 그 같은 심복을 어찌 마옥에 가두었다는 것이냐?"

아무리 마교라고 해도 이건 있을 수 없는 일이었다. 충성을 다한 자까지 헌신짝 버리듯 버리다니.

풍천이 머리를 조아렸다.

"그는 비밀을 아는 자이고, 입을 열어서는 안 되는 자가 되었기 때문입니다. 가장 큰 이유로는 그의 무공이 본 교의 뭇 고수들 중에서도 낮은 수준인 까닭입니다."

"충성을 어찌 무공의 경지로 따질 수 있다는 것이냐! 아버지의 길이 그리 매몰차다면 난 이 안배를 거부하겠다. 내가 생각하는 마도는 세상을 하찮게 여길 뿐 의리를 중히 여기는 것이었다."

도유강은 생각할수록 화가 났다. 아버지의 결정이 분명했으나 아무리 아버지라 해도 이 일은 크나큰 실수였다.

"주군, 오해십니다. 청파검은 스스로 마옥에 갇힌 것입니다."

"뭐?"

"그는 자신의 무공의 경지가 얕아 안배의 비밀이 원치 않게 새어나갈 것을 우려해 마옥에 갇히겠다고 스스로 요청하였고, 고심 끝에 아수라천마님께서 허락하셨던 것입니다."

도유강은 할 말을 잃어버렸다.

무섭기까지 했다.

풍천이 여태 보여준 것도 놀랍고 두려웠지만 청파검도 풍천에 비해 전혀 부족함이 없었다. 그렇다면 또 다른 한 명도 마옥에 없다는 전제를 하자면, 그의 무공 또한 가볍지 않을 뿐 아니라 성정 또한 절대적인 복종과 과감한 결단성을 지녔을 것은 불을 보듯 뻔한 일이었다.

만일 그놈마저 합류한다면 어떤 일이 벌어질지 눈앞이 캄캄해졌다.

풍천이 말을 이었다.

"주군, 청파검이 출옥할 수 있는 길은 주군께서 일곱 안배를 취하시고 마교를 되찾는 날이 될 것입니다."

"복잡하구나, 복잡해."

도유강이 머리를 흔들었다.

말은 이리했지만 실제로 하고 싶은 말은 달랐다.

'무섭구나, 무서워'였다.

괜히 마교가 아니었다. 이런 무서운 심복들을 곁에 두고 평생을 살아야 한다면 숨이 막혀 하루도 편할 날이 없을 것 같았다.

한참 미래를 고민하던 도유강이 현실로 돌아왔다.

"결국 나 홀로 수중으로 들어가야 한다는 뜻이로구나."

"네, 주군."

"세부적인 내용을 듣고 싶다."

"청파검이 보고한 바에 따르면, 잠영하여 물속으로 들어가

시면 수심 약 이십여 장(약 60미터)까지 내려가야 합니다. 십여 장 정도부터는 빛이 투과되지 않아 수중은 암흑이 될 것입니다. 그 상태로 이십여 장에 이르면 급류를 만나게 되는데, 그저 자연스럽게 몸을 맡겨놓으라 했습니다. 급류가 이끄는 최종적인 장소가 바로 두 번째 안배가 자리한 수중 동부인 것입니다."

언제나 알고 나면 간단하다.

그러나 모르고 수중으로 들어간 자가 있다면 급류에 당황하여 빠져나오려다 목숨을 잃고 말 것이리라.

"어쩔 수 없이 동정용왕에게 배움을 취해야겠구나."

"주군, 지금의 진전 속도라면 사나흘 뒤엔 안배를 취하실 수 있을 것입니다."

"그래야 한다. 머뭇거리고 싶지 않다."

*　　　*　　　*

잠영 수련 첫째 날!

자맥질은 뭍 부근에서 수련하였으나 잠영은 수심이 깊어야 했다.

동정용왕은 직접 배를 조종해 도유강과 풍천을 모셨다.

수심이 오 장여(약 15미터)가 되는 부근에 이르자 동정용왕이 배를 멈췄다.

동정용왕이 입을 열었다.

"주군의 성취도는 저로서는 처음 대하는 것이었습니다. 사흘 만에 자유자재로 자맥질이 가능하게 되신 만큼 수심이 아무리 깊다 해도 위험은 없을 것입니다."

동정용왕이 공손히 아부성 발언을 늘어놓았다. 아니, 솔직히 아부였으나 또 아부가 아니었다. 자맥질을 가르치면서 근골을 살필 기회가 있었는데 여태껏 유강만큼 무공을 익히기에 적합한 신체를 본 적이 없었던 것이다.

아나나 다를까, 유강의 자맥질은 실로 완벽에 가까웠다. 마치 사람에서 며칠 만에 물고기가 된 것 같은 착각이 들 지경이었다.

풍천이 나직이 쏘아붙였다.

"불운한 단어는 삼가라."

"용서하십시오."

동정용왕이 바로 머리를 조아렸다.

슬쩍 풍천의 눈치를 보던 동정용왕이 다시 입을 열었다.

"먼저 잠영의 이론을 간단히 설명드리겠습니다."

도유강이 고개를 끄덕이는 것으로 대답을 대신했다.

"잠영은 자맥질에 비하자면 매우 손쉽다고 할 수 있습니다. 그저 물속에 머무는 것뿐입니다. 하지만 물 밖과 물속은 세 가지의 차이가 존재합니다. 첫째, 물속에서는 호흡할 수가 없음이고, 둘째는 수중에서의 압력을 견뎌야 하며, 셋째는 수심이 깊은 곳으로 나아가는 움직임이 간소해야 한다는 점입니다."

혹시 말이 길다고 한소리 들을까 염려하던 동정용왕이 두 사람의 눈치를 살폈다.

도유강은 진지하게 듣고 있었고, 풍천도 채근하는 기색없이 무표정을 유지하고 있었다.

동정용왕이 말을 이었다.

"첫째, 호흡에 관해 말씀드리자면, 보통 사람 중 심폐기능이 뛰어난 자는 일각(약 10분)가량 버티는 것이 한계치입니다. 반면 무림인은 평소 호흡법을 통해 내기를 다스리는 터라 무공의 경지에 따라 일식경(30분)에서 많게는 한 시진(두 시간)까지 버틸 수 있습니다."

"동정용왕 그대는 어떠한가?"

도유강이 물었다.

"저는 한 시진가량 머물 수 있습니다."

"그렇군."

"그러나 한 시진이라는 것도 두 번째 문제인 수심의 깊이에 따라 사정이 달라집니다. 물속에서는 수심이 삼 장씩(약 9미터) 내려갈 때마다 물의 압력이 배로 증가합니다. 폐부와 장기를 압박하기에 견뎌낼 수 있는 시간은 급격히 줄어들게 되는 것입니다. 그때 중요한 것이 내력을 적절히 운용해 폐부와 장기를 보호하는 일입니다. 일반적으로 물고기는 아가미를 통해 물속의 공기를 걸러내나, 고래 같은 종은 아가미가 없이 사람처럼 실제 공기를 마십니다만 잠수 영역에 들어가면 피를 두뇌와 장기로 보내면서 호흡을 조절해 갑니다. 주군께서 하셔야 할 일이 바로 그러한 숙달 과정입니다."

도유강이 고개를 끄덕이고는 혼잣말로 들릴 듯 말 듯 '고래가 숨을 쉬는구나' 라고 중얼거렸다.

동정용왕이 못 들은 척하며 물었다.

"주군께서는 수심 몇 장까지 이르길 원하시는지요?"

"이 십장이다."

도유강이 대답했다.

"네. 그렇다면 오늘은 첫째 날이므로 수심 삼 장 밑까지 내려가시어 그 지점에서 이각(20분)을 머무는 것을 일차 달성 목표로 해보는 것이 어떠시겠습니까?"

"그렇게 하지."

"우선 잠영 시 동작을 설명드리겠습니다."

동정용왕이 선 채로 동작을 시연하면서 설명했다.

도유강은 금방 그 동작을 이해할 수 있었다.

전반적으로 평영과 비슷했다. 다른 점이라면 손을 쭉 뻗은 상태에서 뒤로 돌릴 때 몸 밑으로 붙여서 양쪽 허리 옆까지 물을 쭉 밀어주는 느낌으로 해야 한다는 점이었다.

또한 평영은 계속해서 팔다리를 움직여야 하나 잠영은 물살을 타면 손과 다리를 붙이고 미끄러지듯 원하는 방향으로 나가면 그만이었다.

"이곳의 수심은 오 장입니다. 감안하셔서 삼 장쯤에서 머무르십시오. 준비되셨습니까?"

"한번 해보도록 하지. 견딜 수 있을 때까지 견뎌볼 테니 이 각이 지나더라도 조급해하지 말라."

"그리하겠습니다."

동정용왕이 공손히 머리를 조아렸다.

풍천도 머리를 숙였다.

"주군, 다녀오십시오."

도유강이 옅고 깊게 숨을 들이마셨다.

두 팔을 머리 위로 곧게 뻗어 물속으로 뛰어들었다.

풍덩!

일 장까지는 뛰어든 속도만으로 진입할 수 있었다. 팔과 다리를 크게 저어 물을 헤쳤다.

이 장! 그리고 삼 장!

물의 표면이 눈에 들어왔다. 욕심을 부려 아예 바닥까지 내려갔다. 그 상태에서 도유강은 가부좌를 틀고 앉았다.

빛은 옅게 투과되었고, 소리는 아무것도 들을 수 없었다.

주위에 해초들이 넘실거리고, 물고기들이 근처에 이르면서 빠르게 방향을 전환하는 것을 볼 수 있었다.

'이곳은 걱정도 근심도 없는 곳 같구나.'

크게 고함치는 자도, 원한에 사무쳐 칼을 가는 자도, 세력을 키우기 위해 음모를 부리는 자도 없었다.
 절대적인 평온.
 이 고요가 마음에 들었다.
 도유강은 눈을 감았다.
 '해남도에 갈 것이다. 그곳에서도 오늘과 같이 바닷속을 유영하리라. 아무도 날 막을 수 없다.'

 풍천은 배 위에서 팔짱을 낀 채로 서 있었다.
 시선은 도유강이 몸을 던진 지점에 고정된 채로 눈조차 깜박이지 않았다.
 동정용왕은 그 모습을 지켜보면서 숨이 막히는 것 같았다.
 그에게도 많은 수하가 있었다. 두려움을 모르고, 목숨을 바칠 각오가 된 수하들이었다.
 그러나 그 누구도 풍천에 비하면 보잘것없이 느껴졌다.
 비단 무공의 고강함에 관한 것이 아니었다. 절대적인 충성! 그 무엇으로도 흔들 수 없는 그 무엇이 풍천에겐 흘러넘치고 있었다.
 문득 유강이 부럽다는 생각도 들었다.
 이내 동정용왕의 입가에 쓸쓸한 미소가 어렸다.
 풍천을 수하로 거둘 수는 없는 일이다. 아니, 도리어 풍천의 수하처럼 전락해 버리지 않았는가.
 망상을 접고, 동정용왕은 현실로 돌아왔다.

회의 때 언급된 백룡부 말살에 대한 작업을 해야 할 때였다. 녹림왕은 우선 풍천을 설득하는 것이 중요하다고 했다. 유강이 떠오르기까지는 최소 일각여! 이 기회를 놓칠 순 없었다.

"드릴 말씀이 있습니다."

"말하라."

풍천이 여전히 시선을 고정한 채로 말했다.

"용왕채에 오실 때 백룡부의 당주 등무극과 그 수하들을 인어로 삼으셨잖습니까?"

"그랬지."

"백룡부에서 사신을 보내왔습니다."

거짓말이었다. 칠당주 등무극을 구하려는 어떤 행동 대신 백룡부는 어이없는 짓을 자행했다. 오늘 아침 선물을 보내온 것이다.

"그래서?"

"당주 등무극과 수하들을 방면하라는 요구를 해왔습니다. 소인은 단호히 거절했습니다."

"내가 상관할 바가 아니다."

"거절한 이유는 다름 아니라 백룡부의 요구 사항이 주군과 풍천님까지 건네라는 요구를 해왔기 때문이었습니다."

"후후후후, 재밌군."

"그렇습니다. 단호히 거절하고 돌려보내고 나니 소인은 화가 치밀어 견딜 수가 없었습니다. 어디 백룡부 따위가 감히 주군의 안위를 위협할 수 있단 말입니까! 그래서 경고성으로 등무극과 그 수하들의 목을 잘라 백룡부로 보내는 것이 어떤지 의논드리고 싶었습니다."

"좋은 생각이다."

동정용왕의 얼굴이 활짝 피었다. 백룡부가 목을 받아보고 대규모로 쳐들어온다면 그것으로 백룡부는 제이의 흑룡방이 될 것이다.

"그럼 돌아가자마자 실행에 옮기……."

동정용왕의 말은 끝을 맺지 못했다.

"안 된다."

풍천이 단호히 말했다.

"네? 좋은 생각이시라고……."

"물론 좋은 생각이다. 그러나 지금은 백룡부 따위에 신경 쓸 겨를이 없다. 주군께서 한시도 머뭇거리길 원치 않으시니 나는 그저 따를 뿐이다. 그들은 방면하라."

"백룡부는 주군을 능멸하였습니다. 소인은 참아내는 것이 세상 그 무엇보다 힘이 듭니다."

동정용왕이 마음에 없는 소리를 격정적으로 토해냈다.

"훌륭한 마음이다. 주군께서 떠나신 후, 장강수로채가 알아서 백룡부를 섬멸하도록 하라."

"네? 네… 물론입니다."

동정용왕의 목소리가 슬슬 기어들어 갔다.

"훗날 천하가 주군 앞에 무릎을 꿇게 될 터. 그때 주군께서 생과 사를 결정하실 것이다. 살생부에 이름이 올라간 어떤 세력이라도 살아남을 수 없다. 만약 주군 앞에서 이 문제로 다시금 혀를 놀린다면 네놈의 혓바닥이 뽑혀 나갈 것이다."

"명심하겠습니다."

풍천이 주변을 넓게 쓸어봤다.

대략 일식경 정도가 지난 것 같았다.

아직은 견딜 만했다.

한줄기 깊게 들이켠 호흡은 여전히 폐부에 남아 있었다.

도유강은 아주 미량씩 공기를 토해내며 호흡을 조절했다.

꼬르르르르.

이십여 개의 공기방울이 뽀글거리며 올라갔다.

'일각 정도는 더 버틸 수 있겠구나.'

오늘 목표는 이각(20분)이었으나 목표는 이미 달성했다.

하루빨리 안배를 취하는 것이 중요한 만큼 동정용왕이 세운 기준을 곧이곧대로 따를 생각은 없었다.

그때였다.

물의 흐름이 묘하게 달라졌다.

커다란 물고기라도 나타났나 싶어 머리를 들고 살폈다.

도유강은 이내 인상을 찡그렸다.

저만치 위쪽에서 한 인영이 빠른 속도로 다가오고 있었다.

동정용왕이 아니면 풍천이었다.

주군의 안위 운운하면서 풍천이 직접 뛰어들었거나 동정용왕이 채근에 못 견뎌 살피러 온 것이 틀림없었다.

마치 늘 보살핌을 받는 어린아이가 된 기분이었다.

인영은 점차 가까이 다가왔다.

도유강이 가라고 손짓했다. 그래도 아랑곳하지 않고 인영은 일직선으로 내려왔다. 빛이 옅게 투사되는지라 둘 중에 누구인지 여전히 구분되지 않았다.

"올라가라!"

도유강이 입을 열어 말했다. 소리가 나는 대신, 공기방울이 뽀글거리며 피어났다.

인영은 어느새 눈앞에 이르렀다.

도유강의 눈이 휘둥그레졌다.

뜻밖에도 인영은 풍천도 동정용왕도 아니었다.

인영이 밧줄을 쭉 뻗었다. 목을 걸 수 있도록 올가미가 채워져 있는 밧줄이었다.

적이었다. 무범촌에서처럼 일반인의 접근이 아니었다. 전혀 예상치 못한 곳에서 추살을 목적으로 한 진정한 적이 등장한 것이다.

도유강이 몸을 수평으로 눕히며 올가미를 벗어났다.

올가미를 준비했다는 것은 적이 물 위의 상황을 파악하고 있다는 것을 의미했다. 칼을 사용하면 피가 물 위로 떠오를 것이고, 동정용왕과 풍천이 진입하면 추살이 실패할 것이란 것까지 계산하고 있는 것이다.

도유강은 꿈틀하며 위로 올라갔다. 소리도, 어떤 경고도 할 수 없는 지금 무슨 수를 써서라도 물 밖으로 나가 고개를 내밀어야 했다.

'흡!'

위로 올라가려던 도유강은 멈출 수밖에 없었다.

오른쪽 발목에 이질감이 느껴졌다.

올가미가 채워진 것이다.

인영이 밧줄을 쥔 채로 아래쪽에서 잡아당기자, 속절없이 밑으로 끌려내려 갔다.

도유강은 위로 올라가길 포기하고, 잡아당기는 힘에 몸을 맡기고 빠르게 아래쪽으로 내려갔다.

인영의 눈이 커졌다.

도유강은 그 틈을 놓치지 않고 지주포룡수를 펼쳤다.

어깨를 잡힌 인영이 장력을 날렸다.

푸르룽, 물이 중첩되어 맺히며 가슴을 때렸다.

도유강의 몸이 주르륵 밀려났다.

물속에서의 장력이라 충격은 크지 않았지만 문제는 그 기세 속에서 남겨진 호흡을 모조리 잃어버렸다는 것이었다.

일식경을 물속에서 머물렀다. 게다가 발목까지 밧줄에 묶인 상태라 마음이 조급해졌다.

'여기에서 죽을 순 없어. 무슨 일이 있어도.'

도유강은 두 발로 물을 박차고 인영을 향해 나아갔다.

두 팔을 연거푸 뻗어 지주절심장을 펼쳤다.

도유강은 쾌재를 불렀다.

물에 마치 송곳이 파고들듯 장력이 물을 뚫고 일직선으로 뻗어나간 것이다. 거미의 묘용을 따라 창안된 지주현공인 탓에 장력 또한 세밀한 것들이 한데 얽혀 한 덩어리를 이루는 것이 지주절심장이었다.

그 덕분에 물의 저항력을 최소로 받으며 장력이 나아간 것이다. 아니나 다를까, 인영이 장력에 맞아 그 충격으로 입을 크게 벌렸고, 꼬르르르르, 하며 공기방울이 터져 나왔다.

정신마저 혼미해졌는지 팔다리를 움직이지 못했다.

도유강은 그사이 발목에 감긴 올가미를 풀어냈다.

'이제 한계다. 일단 올라가야 해.'

뒤처리는 풍천에게 맡기면 된다. 마지막 호흡만 간신히 남아 있을 뿐이었다.

그때였다.

"윽!"

도유강이 급히 손으로 목을 붙들었다.

밧줄이 목을 휘감고 조여왔다. 그 힘이 어찌나 강력한지 질식되기 이전에 목이 떨어져 나갈 것 같았다.

또 다른 자였다. 장력에 맞은 인영은 죽은 듯 수중에 흐느

적거리고 있었기 때문이다.

콰르르르…….

도유강이 발버둥치며 마지막 호흡마저 쏟아내 버렸다.

흐흡.

물이 코와 입으로 들이닥쳤다. 도유강의 얼굴이 고통으로 일그러지고, 뒤쪽으로 손을 뻗어 적을 붙들려 했지만 손이 닿지 않았다.

꾸르륵.

꿈틀대던 도유강의 몸이 잦아들었다.

뒤쪽의 인영이 밧줄을 잡아당겨 아래쪽으로 내려갔다.

그는 밧줄을 수면 바닥에 놓인 돌에 매달아놓았다.

도유강은 둥실둥실 뜬 채로 어떤 미동도 없었다.

"대롱 두 개가 떠 있구나."

풍천이 지나가듯 말했다.

동정용왕이 시선을 좇았다. 대롱이 둥실둥실 수평으로 물 위에 떠 있었다.

"대나무 조각은 옅은 곳에 잠수해 물속에서 숨을 쉴 수 있게 하므로 많은 사람이 애용하는 것입니다. 사용 후 누군가 챙기지 않고 간 모양입니다."

"흠, 혹시 사람이 물고 있지 않아도 수직으로 떠 있을 수 있느냐?"

"물살의 상태에 따라 충분히 가능합니다. 그러나 지금 대롱은 수평으로 떠 있습니다만."

"아까까지 수직으로 떠 있었다."

동정용왕의 안색이 급변했다.

"주군이 위험합니다. 지금 이 물살로는 불가합니다."

그 말이 끝나기 무섭게 동정용왕이 물속으로 뛰어들었다.

풍천도 뒤질세라 몸을 던졌다.

쏴아아아!

그때 유령곡의 살수 추몽자는 도유강의 목을 맨 밧줄을 돌에 묶고 수중에서 공령의 입에 입술을 맞추고 숨결을 불어넣고 있었다.

공령이 꿈틀하며 잠에서 깨듯 눈을 떴다.

그 순간, 추몽자는 물살의 흐름이 격렬해짐을 깨닫고 공령을 붙들고 발을 놀렸다.

풍천과 동정용왕이 도유강의 곁에 이르렀다.

풍천이 밧줄을 풀면서 손짓으로 한곳을 가리켰다.

동정용왕이 고개를 끄덕이고는 추몽자와 공령을 쫓았다.

풍천이 도유강을 안고 물 위로 빠르게 솟구쳤고, 동정용왕은 어느샌가 추몽자와 공령의 뒤편에 이르러 있었다.

물 밖에서의 동정용왕의 무공도 고강하기 이를 데 없었으나 물속이라면 더욱더 말이 필요없었다.

비록 추몽자와 공령이 특급살수이긴 하나 물과 한 몸처럼 움직이는 동정용왕을 막기엔 역부족이었다. 게다가 도유강을 처리하는 데 진력의 상당 부분을 소모한 그들이었다.

추몽자가 장력을 내뻗었다.

장력이 물을 가를 때, 동정용왕의 몸은 물고기처럼 이미 추몽자의 등 뒤에 서 있었다.

쿡! 꾸욱!

가볍게 마혈을 누르는 것으로 상황은 종결되었다.

촤악!

동정용왕이 몸을 솟구쳐 배 위에 내려섰다.

"혈도를 제압해 두었습……."

동정용왕이 말을 하다 말고 입을 쩍 벌렸다.

풍천이 도유강을 허공에 띄워둔 채로 탄지를 날리며 혈도를 자극하고 있었기 때문이다.

이윽고 도유강이 욱, 하고 물을 토해냈다.

그 아래 자리 잡고 있던 풍천의 얼굴로 물이 쏟아졌지만 풍천은 눈도 깜빡이지 않았다.

검결지를 맺듯 엄지와 검지를 모은 풍천이 손을 내리자, 부드럽게 도유강의 몸이 내려앉았다.

"주군, 몸은 어떠십니까?"

"콜록, 콜록… 괜찮다. 물을 마신 것뿐이다."

"주군, 잠시 쉬고 계십시오."

풍천이 뒷목을 지그시 눌렀다. 도유강의 눈이 스르르 감겼다. 수혈을 찍은 것이었다.

풍천이 도유강을 반듯이 눕히고 동정용왕을 향해 말했다.

"너는 두 놈의 치아를 전부 뽑아라!"

"존명!"

동정용왕은 무슨 의미인지 바로 이해했다. 일말의 망설임 없이 어금니까지 뽑아버렸다.

아혈까지 제압된 터라 추몽자와 공령이 소리 대신 입을 쩌억 벌리며 고통스럽게 얼굴을 일그러뜨렸다.

"독단은 없습니다."

동정용왕이 말했다.

"살수는 아니란 소리군. 그리고……."

풍천이 뒷말을 흐렸다.

교의 소행도 아니었다. 척살로 보낸 자치고는 무공 수준이 맞지 않았다. 주군을 상대하는 것이 문제가 아니라 교의 입장에서는 자신을 처리해야 하는 것이 급선무일 테니까.

풍천이 몸을 일으켜 두 사람 앞에 섰다.

"한 놈이면 충분하겠지."

추몽자를 향해 소맷자락을 휘둘렀다.

퍽!

어깨 위에 놓여 있어야 할 추몽자의 머리가 사라졌다.

풍덩!

소리와 함께 저만치 물에 파문이 일었다.

동정용왕이 이를 악물었다. 일수에 머리가 날아간 것이다.

스릉!

이어 검을 뽑은 풍천이 공령의 앞에 쭈그려 앉았다.

동정용왕이 눈치 빠르게 아혈을 풀었다.

"어디에서 왔느냐?"

"말할 수 없다."

공령은 눈 하나 깜박이지 않았다.

"후후, 말해야 할 것이다. 그리고 말하게 될 것이다."

"날 죽여라."

"물론."

"어떤 고문으로도 내 입을 열지 못할 것이다."

"과연 그럴까?"

스스스스……

풍천의 몸에서 악마와 같은 기운이 뿜어져 나왔다.

질식할 듯 쏟아져 나온 마기에 공령이 몸을 부르르 떨었다. 동정용왕도 가슴을 움켜쥐었다.

그는 지금껏 이토록 강렬하고 지독한 마기는 처음이었다.

'설마… 마교?'

마도 오문이 떠오르기도 했지만 풍천은 아무리 봐도 그 수준을 훌쩍 뛰어넘는 자였다. 그렇다면 남는 건 오직 마교뿐이었다.

동정용왕의 눈이 저절로 잠든 도유강에게로 향했다.

'그럼 유강이는? 헉!'

비교 대상을 찾기 힘든 근골에, 절로 뿜어져 나오는 위엄, 게다가 누구든 보잘것없다는 듯 바라보는 염세적인 표정.

'아니겠지… 아니야… 그럴 리 없어.'

마교의 고위급 인물일 가능성도 있었지만 또 생각해 보면 경로 자체가 말이 안 되는 것이었다.

마교라면 각 성마다 비밀 분타를 몇 개씩은 두고 있을 터인데 굳이 녹림과 장강에 머무를 이유가 없는 것이다.

'그럼 이 새끼들 정말이지 대체 뭐 하는 놈들인 거냐!'

동정용왕이 마기에 질려 온갖 상상의 나래를 펼칠 때, 또 한 사람도 마기에 짓눌려 고통에 찬 신음을 내뱉고 있었다.

공령이었다.

그는 방금 전까지의 호기를 한순간에 강탈당하고, 마기에 짓눌려 온몸을 부들거리며 떨었다.

풍천이 공령의 발을 잡아당겼다.

쭉 뻗는 상태가 되자, 검끝을 발바닥에 가져갔다.

"무, 무슨……."

공령이 입술을 덜덜거리며 말을 더듬었다.

풍천이 응답했다.

푸욱!

검이 발바닥을 뚫고 무릎까지 파고들었다.

"크아아아악!"

더 이상 처절할 수 없는 비명이 터졌다.

옆에서 지켜보고 있던 동정용왕이 너무 놀라 균형을 잃고 몸을 휘청일 정도였다.

검은 발바닥에서 무릎까지 관통했지만 다리 밖으로 삐져나오지 않고 온전히 뼈와 근육, 세신경을 뚫어버린 채로 박힌 상태였다.

"어디냐?"

풍천이 그 상태에서 검을 살짝 비틀었다.

동정용왕은 지켜보는 것만으로도 다리가 저려올 지경이었다.

"으아아아아악!"

"고집스러운 놈이로군."

풍천이 검을 밀어 넣었다. 이번에는 검의 손잡이만 남겨두고 모조리 틀어박혔다. 검의 길이를 감안할 때, 발바닥에서부터 허벅지 끝까지 검이 뼈를 대신하듯 다리 사이를 파고든 셈이었다.

"크아아아악!"

공령은 지금껏 이런 고통을 당해본 적이 없었다. 또 이런 고통이 있을 것이라고 상상조차 해본 적이 없었다.

지옥의 심화 같은 마기에, 온몸을 갈가리 찢는 듯한 통증,

죽는 것조차 쉽게 뜻을 이루지 못할 것 같았다.

고통에 찬 비명을 내지르며 공령은 자신에게 남은 것은 오직 한마디의 말뿐이란 것을 알 수 있었다.

그 한마디면 해방이었다. 죽을 수 있다.

풍천이 검 자루를 스윽 한 바퀴 돌렸다. 다리 안쪽이 갈려 나갔다.

"크아아아악… 배, 백룡부. 으어억! 제발 부디 날 죽여주시오!"

"잘했다."

풍천이 검을 뽑았다. 뼈와 신경을 관통한 검이 날카로운 예기를 머금은 채 다시금 뼈와 살점과 신경을 토막내며 빠져나왔다.

"크아아아악……!"

팡!

풍천이 손을 뻗자 공령의 목이 날아갔다. 목과 함께 그의 비명도 잘려 나갔다.

잔인한 손속 앞에 동정용왕은 완전히 굳어버려 반쯤 얼이 나가 버렸다. 백룡부는 정녕 건드리지 말아야 할 자를 건드리고 만 것이다.

풍천이 두 구의 시체를 가리키며 손을 까닥였다.

동정용왕이 머리 잃은 시체를 물속에 던졌다.

풍천이 도유강 머리맡에 앉더니 슬며시 머리를 들어 자신의 무릎에 올려놓았다.
 "주군, 우선순위를 잠시 바꾸어야 할 것 같습니다."
 나직이 중얼거린 풍천이 동정용왕을 향해 말했다.
 "돌아간다."
 "존명!"

『전전긍긍 마교교주』 4권에 계속…

눈매 퓨전 판타지 소설

the Mask of Leon

가면의 레온

중원을 공포로 떨게 만든 희대의 악마, 혈마존.
그의 영혼이 기억을 잃은 채 차원 이동을 한다.

한 소년과 몸이 바뀐 후 깨어난 혈마존.
기억은 지워지고 싸가지없는 본성만 남았다!
욱할 때마다 튀어나오는 살벌한 말투와 그의 독자 무공.

'아, 나는 왜 이렇게 성격이 더러운가?
어째서 이리도 잔인한 기술을 알고 있는 것인가? 착하게 살고 싶다.'

살인광이었던 그가 전혀 어울리지 않는 대신관이 되기로 결심한다.
하지만 그 본성이 어디 가나…….

"이런 빌어 처먹을 놈들, 신전에서 봉사 활동 안 할래?"

유행이 아닌 자유추구 -
WWW.chungeoram.com
Book Publishing CHUNGEORAM

임준욱 장편 소설

무적자
WITHOUT MERCY

그의 이름은 임화평(林和平)이다.
이름처럼 살기를 소망했고 그렇게 살아왔다.
그를 건드리지 말았어야 했다.
조용히 살게 놔두었어야 했다.

"너희들 실수한 거야.
내 세상의 중심,
내 평안의 그것을 깨뜨린 거다.
세상 전부와도 바꿀 수 없는……
알게 해주마, 너희들이 누구를 건드린 건지."

그의 고독한 여정이 시작되었다.

―오, 바라타족의 아들이여. 언제든지 정의가 무너지고 정의가 아닌 것이
판을 치는 때가 되면 나는 곧 나 자신을 나타내느니라.
올바른 자를 보호하기 위하여, 악한 자를 멸하기 위하여, 그리하여 정의를
다시 세우기 위하여, 나는 시대에서 시대로 태어난다.

〈바가바드기타 중에서〉

 유행이 아닌 자유추구 –
WWW.chungeoram.com
Book Publishing CHUNGEORAM

정봉준 新무협 판타지 소설

『철산전기』의 작가 정봉준!!!
팔선문을 통해 또 다른 유쾌함을 선사한다!!

뛰어난 자질을 갖춘 팔선문의 대제자 유검호,
그의 치명적인 단점은 게으름과 의지박약!

천하제일마두의 기행에 재수없이 동참하게 된 의지박약아.
갖은 고생 끝에 가까스로 고향으로 돌아오다.

"무림? 그딴 건 개나 주라 그래. 나만 안 건드리면 돼!"

시간을 가르는 그의 행보에 무림이 뒤집어진다!!!

유행이 아닌 자유추구 -
WWW.chungeoram.com
Book Publishing CHUNGEORAM

War Mage

워메이지

김재한 퓨전 판타지 소설

사람들이 인식하는 상식의 세계 이면,
짙은 어둠이 드리워진 그곳에 사는 괴물들이 있다.

문명이 드리운 그림자 속에서, 전투기계들과
인간의 사념으로부터 태어난 마물들이 격돌한다.
마법과 주술이 난무하는 초현실적인 전장,
소년은 그곳에서 서는 대가로 인생을 잃었다.
운명의 노예가 되어 가족과 인성을 잃어버린 소년, 진유현.

총염(銃炎)과 검광(劍光)이 뒤얽히는
어둠의 거리에서, 운명의 족쇄를 끊고 나온
소년의 눈이 살의를 발한다.

유행이 아닌 자유추구 -
WWW.chungeoram.com
Book Publishing CHUNGEORAM